ブラッド・ブレイン 1

闇探偵の降臨

小島正樹

講談社
タイガ

イラスト——アオジマイコ
デザイン——坂野公一（welle design）

目次

ブラッド・ブレイン 1

闇探偵の降臨

序章

月は赤みを帯びていた。血が滴《したた》るように、月光がアスファルトにこぼれ落ちる。

東京都西部の日野《ひの》市。街灯のほとんどない暗い道だ。速度を落とせば二台の車がすれ違える。それぐらいの道幅で、歩道はない。道の右側は駐車場で、左手には寂《さび》れた工場の塀《へい》が続く。

女性ならば、昼間でも避けるであろうひとけのない道だ。そこを常村英次《つねむらえいじ》はたったひとりで歩く。

氷の刃《やいば》を帯びたような、冷たい風が時に吹く。常村のほか、誰もいない。

赤い月に雲がかかり、暗さが増した。しかし常村に、闇を恐れる様子はない。

女性をさらい、乱暴する。自分より弱く見える少年らに声をかけて、金をむしり取る。そういう悪事を平気で行う常村にとって、闇は味方でさえあった。

駐車場が終わり、道の右手が公園になる。冬の夜だ。遊具やベンチのまわりに人の姿はない。

だが――。

植え込みの陰から、何者かがぬっと現れた。常村は思わず足を止め、そこへ月光がさす。闇が薄れ、出現した者の姿があらわになる。

男性だ。黒いカーゴパンツを穿《は》き、黒いMA－1を着て、黒い帽子をまぶかにかぶる。黒いサングラスをかけ、バンダナで鼻から下を覆い、顔はほとんど見えない。

「なんだ、てめえ？」

双眸《そうぼう》に危険な光を宿しつつ、常村は問うた。黒ずくめの男性は応《こた》えず、植え込みをまわって道に出る。

もうひとり、植え込みから同じ格好の男性が現れた。同時に背後で何かの気配がする。振り返り、常村はごくりとつばを飲む。黒ずくめの何者かがふたり、立っていた。挟《はさ》まれるのを避けるべく、常村はさっと身を動かした。工場の塀に背を預け、四人を睨《にら》む。全員同じ格好で、明らかに一味だ。

「おれに用かよ」

ことさらに余裕の声で、常村は言った。一対四の様相だが、常村には喧嘩《けんか》の場数がある。怯《ひる》みを見せたら負けなのだ。

四人組のうち三人が、無言で背後に手をまわす。彼らの手が再び現れ、常村は目を細めた。握り部分にテープが巻かれた鉄パイプ。三人はそれを手にしたのだ。

「まさか……」

そう呟《つぶや》く常村の背に、冷たい汗が流れた。鉄パイプへの怖さもあるが、それよりも強い恐怖が常村を覆う。

「お前らがそうなのか？」

常村はもう、震え声だ。黒ずくめの男性四人による、鉄パイプでの襲撃事件。それをはっきり思い出し、常村の心臓が早鐘を打つ。

四人組のひとりが口を開いた。

「われらは天誅下し人《てんちゅうくだしにん》」

すさまじい恐怖が常村の背を駆けあがる。しかしそれが脳天へ達する前に、男性たちは襲いかかってきた。襲撃するのは三人で、残りのひとりはあたりに目を配る。

身を翻《ひるがえ》し、常村は逃げ出した。背中に激痛が走る。鉄パイプで殴られたのだ。一瞬息が止まり、足も止まり、今度は膝《ひざ》の裏を痛撃された。

無様に転び、常村はとっさに両腕で頭部をかばう。鉄パイプが振り下ろされ、両腕に激痛がきた。反撃はおろか、逃げることさえもはやできない。

常村はエビのように身を丸めた。頭と顔を両腕で守る。男性たちは容赦なく、鉄パイプで打ってきた。痛みの連打に気が狂いそうだ。

「やめろ」

喉から声を絞り出す。しかし暴力の嵐は去らない。

「やめてください……」

ついに常村は哀願し、その瞬間、いっぱしの悪党を気取る矜持《きょうじ》が崩れた。常村の目からぽろぽろ涙が落ちる。

「許してください」

しかし男性たちは無言で鉄パイプを振るう。

と——。

ふいに強い光がきて、彼らの手が止まった。暴力が止み、安堵《あんど》のあまり常村は気を失う。

第一章　悪魔の声

1

抜けるような青空の下を、新見奈南《にいみなな》は歩く。小寒から一週間ほど経《た》つけれど、風は穏やかで冬の陽光は充分に暖かい。少し足を速めれば、体の裡《うち》からぽかぽかしてくる。

東京都の西、多摩《たま》市桜《さくら》ケ丘《おか》。聖蹟《せいせき》桜ケ丘駅近くの道だ。この街で奈南はひとり暮らしをしている。

ユニットバスと簡単な台所、洋間がひとつきりのワンルームアパートで、狭い。けれど奈南はアルバイトの身だから、家賃五万円の小さな部屋が分相応なのだ。

六年前。短大を卒業した奈南は、装飾関係の会社に就職した。自宅から通勤したが、人間関係で色々あってほとほと疲れ、両親に相談の上、四年ほど前に会社を辞めた。

それから実家を出てこの街にひとりで住み、バイト暮らしを続けている。お金はあまりないけれど、気楽で気ままな日々はいい。

道の彼方《かなた》に、アルバイト先のコンビニが見えてきた。もう二年近く勤めており、仕事への戸惑いはほとんどない。退屈ながら、平穏な時間がもうすぐ始まる。

日が暮れて寒くなれば、おでんや肉まんが売れそうだ。

ぼんやりと奈南はそう思い、そこへポケットのスマートフォンが振動した。取り出して、奈南は画面を見る。母親である新見久子《ひさこ》からの着信だ。

仄《ほの》かに面倒な面持ちを作り、奈南はスマートフォンを耳に当てる。足は止めない。

「奈南」

「どうしたの、お母さん。私これから、バイトなんだけど」

「ごめんね。でも奈南こそいったい、どうしたの？」

「別にどうもしてないけど」

「家の留守電に声を残したでしょう」

「私が？」

「うん」

「いつ頃」

「三十分ぐらい前よ」

「でも私、家に電話かけてないよ」

「え？」

と、久子が困惑気味に話し始めた。

久子は出かける際、家の電話の留守ボタンを押す。その状態で着信があり、相手が伝言を残せば録音される。すると留守ボタンが点滅し、帰宅して久子がそのボタンを押せば、着信時刻の知らせとともに伝言が流れる仕組みだ。

買い物に出た久子が先ほど帰宅したところ、留守番電話に伝言が一件あった。再生すれば「私、奈南」とだけ言って、すぐに切れたという。

「私、そんな伝言入れてないよ」

「お前の声だと思うんだけど……」

「とにかく私、電話してない。ごめん、バイトだから切るね」

久子の返事を待たず、奈南は通話を終えた。そのあとですぐに反省する。もう少し、優しく接すればよかった。

ふっと奈南は立ち止まった。母は寂しさを持てあましているのだ。

奈南の実家は、東京都の墨田区《すみだ》にある。青空を見あげ、それから視線を遠くへ飛ばす。彼方の西に隅田川《すみだがわ》を望む団地の二階。久子はそこでひとり暮らしだ。

奈南の父である新見征司《せいじ》は、三年前に自動車事故で亡くなった。多摩市和田《わだ》、大栗川《おおぐりがわ》近くの崖沿いの車道だ。

歩道設置工事のため、一部区間のガードレールが外されており、征司が運転する白いアコードは、その緩やかな曲がり道から崖下へ転落した。征司の両親の家が京王永山《けいおうながやま》駅の近くにあり、そこへ行く途中の事故だ。

墨田区の団地から征司の両親宅へ行く場合、和田のあたりはとおらない。ドライブがてら、征司は少しだけ寄り道したのだろう。

享年五十二。全身打撲による即死で、痛みは一瞬だけのはずという。征司はひとりで車を運転しており、ほかの車や歩行者は巻き込んでいない。それがせめてもの救いだろう。

あの日のことを、奈南はありありと覚えている。凍《い》てつく二月九日の夜、午後十一時過ぎ。久子から着信があった。

「お父さんが、亡くなったらしいんだよ」

淡々と久子が言う。その声に涙は滲《にじ》んでおらず、奈南の瞳も潤《うる》まない。突然すぎて、事態を呑《の》み込めないのだ。

悲しみはそのあと、病院で父の遺体と対面した時にやってきた。全身が震えて立っていられず、父が安置された寝台にすがりつきながら、久子と奈南はくずおれてしまう。涙があふれ、奈南は知らず声をあげた。横で久子が慟哭《どうこく》する。

葬儀を終え、悲しみ以外の感情を失ったまま、久子と奈南は征司の事故現場へ行った。するとテレビ局の人らしき一団がいて、肩に担いだカメラを奈南たちに向ける。

奈南たちの表情が、よほど暗かったのだろう。気を遣ったらしく、一団は声をかけてこなかった。久子と奈南は無言で花を手向《たむ》けて、現場を去る。

征司の死から十日。奈南は多摩市のアパートへ戻った。今とは別のコンビニでバイトしており、翌日には復帰した。奈南は客に愛想笑いを浮かべ、ほかの店員にもいつもどおり接する。

ごく自然にそうできたのだ。けれど感情はどこかに置き忘れていた。落ち着いたのは、四十九日をすぎたあたりではなかったか。

奈南はひとりっ子だから、征司が亡くなってからずっと、久子は団地にひとりで住む。奈南は吐息を落とした。

「私、奈南」という留守電は、本当だろうか。奈南に電話したくて、その口実に久子が嘘《うそ》をついたのかも知れない。だとすれば、あまりに切ない。

潮時かな――。

ふと、そんな思いがくる。

三十年ほど前。結婚した久子と征司は、この多摩市で所帯を持った。征司の実家近くの一軒家を借りたのだ。

そこで奈南は生まれ、育った。両親とともに墨田区の団地へ引っ越したのは、奈南が十九歳の時。奈南にとって、多摩市こそが自分の街なのだ。

住み慣れた懐かしい場所へ戻る格好で、奈南は多摩市内にアパートを借りた。

墨田区の実家へは電車で七十分ほどかかる。その距離を自分への言い訳にして、父の月命日以外、奈南はほとんど実家へ顔を出さない。

気ままな暮らしを、いつまでも続けるわけにはいかない。色々なことを考える時期にきているのだろう。

今度の月命日。久子に会って留守電の真偽を、さりげなく質《ただ》してみよう。

そう思い、奈南は歩き出した。

2

階段をのぼると、無愛想な鉄製の玄関扉がある。その前に立ち、奈南は呼び鈴を押した。待ちかねたように玄関扉が開き、母の久子が顔を覗《のぞ》かせる。

奈南は墨田区の実家にきていた。だが、父の征司の月命日ではない。

「とにかく聞かせて」

三和土《たたき》に入って玄関扉を閉め、挨拶抜きに奈南は言った。うなずいて、久子が下駄箱の前に立つ。そこに電話機が載っており、再生ボタンを久子が押した。

「私、奈南」

そういう声が流れ出る。

「もう一回」

奈南は言い、久子がボタンを押す。

自分の声は、意外と解らないものだ。しかし今、電話機から聞こえてきたのは、奈南自身の声に思える。

首をひねりつつ、奈南は久子に目を向けた。

「間違いなく、お前の声だよ」

久子の面持ちには嘘の欠片《かけら》もなく、ならばこれは奈南の声なのだ。

「私、奈南」の留守電があった翌日、久子は歯医者へ行ったという。帰宅すれば留守電のボタンが点滅しており、伝言が三件ある。二件は近所の友人からだが、残り一件は「私、奈南」だった。

さらに翌日。久子がスーパーへ買い物に行っている間「私、奈南」という伝言が入っていた。たまらず久子は再び奈南に電話する。

それが昨日のことであり、その伝言を消さないよう久子に頼み、奈南は実家へきた。

「何回か、続けて聞かせて」

奈南が言い、うなずいて久子がボタンを操作する。五回連続で奈南は聞いた。

抑揚《よくよう》は多少変だが、人工的に作った声ではない。ごく自然な話し方だ。けれど奈南は実家に電話しておらず、留守電に吹き込んでいない。

「どういうこと」

気味の悪さを覚えつつ、奈南は独りごちた。久子にうながされ、廊下にあがる。和室へ行き、まずは仏壇の前にすわって線香をあげた。その間に久子が茶の用意をする。

茶を喫しながら黙考し、やがて奈南は口を開いた。

「私の声を真似た、誰かの悪戯《いたずら》だと思う」

「あれはお前の声だよ」

「違う、私は電話してない」

「でも」

「気にしないで無視しよう」

久子の言葉を遮《さえぎ》り、奈南は言った。茶を飲み終えて腰をあげる。

「もう帰るの？」

すがるように久子が問うた。

「これからバイトなの。それに私の部屋、相変わらずでしょう」

苦笑混じりに奈南は応える。奈南の部屋は六畳ほどの洋間なのだが、あるものに占領されて、それこそ足の踏み場もない。

そそくさと奈南は実家を出て、多摩市に戻った。

だが翌日、久子から電話がある。

「また留守電？　無視しようって言ったじゃない」

うんざり気味に奈南は言った。これから着替えて、バイトなのだ。

「今までと違うんだよ」

久子が応える。

「違う？」

「『調子が悪い』という伝言が入っていたのよ」

「私の声で？」

「間違いなく奈南の声」

口をつぐみ、奈南は首をひねった。そういう伝言を吹き込んだ覚えはない。

「とにかく誰かの悪戯だよ。気にするのはやめよう。それと私の声の伝言は、消去しないで。何かのために、残しておいたほうがいいと思う」

そう言って、奈南は電話を切った。

ところが次の日、バイトの休憩時間にスマートフォンを見ると、実家から着信があった。奈南が折り返せば、すぐに久子が出る。

「奈南の声で、『疲れた』という留守番伝言があったんだよ」

もう、どうしていいか解らない。そんな思いを声に滲ませて久子は言った。そして話を継ぐ。

出かけて家に戻り、久子はまず電話に目をやる。留守番伝言がなければ、留守ボタンは点灯している。そうであれば安堵し、留守ボタンが点滅していれば、小さな恐怖さえ感じるという。

さすがに奈南も、久子のことが心配になった。けれどこちらでの暮らしやバイトがある。実家にしばらく戻るなどできない。

温かい口調を心がけて久子を励まし、奈南は通話を終えた。しかし二日後、久子から電話があった。

「私、駄目みたい」という奈南の声が、留守番伝言に残っていた。

久子はそう言い、深く息をつく。

無論奈南は、実家の電話に伝言を残していない。誰かに頼まれて、そういう言葉を発した覚えさえない。やはり誰かの悪戯なのだ。

かなり悪質で、恐らく久子は参っている。けれど第三者にすれば、たかが留守電の悪戯だ。警察に相談しても、相手にされないだろう。

ともかくも変な電話が早く終わるよう、奈南は祈った。

3

それから三日。母の久子から着信はなく、奈南は安堵の思いを抱きつつあった。ところが四日目の朝、奈南のアパートのインターフォンが鳴る。

午前七時をすぎたばかりで、奈南はまだパジャマ姿だ。無視しようかと思ったが、すぐに再び鳴る。

小さく息をつき、奈南はインターフォンを取りあげた。

「はい」

硬い声でそれだけを言う。

「奈南！」

久子の声だ。奈南は一瞬耳を疑い、それから口を開く。

「どうしたの、お母さん？」

「声が降ってきたんだよ」

「声が？　あ、ごめん。とにかく開けるね」

インターフォンを置き、奈南は玄関扉を開けた。色を失った様子の久子がそこに立つ。

「入って」

と、奈南は久子を招じ入れた。

久子を部屋へ入れ、小さな座卓の前にすわらせる。その向かいに奈南は腰を下ろした。

茶を淹《い》れるなど、あとまわしだ。それほどに久子の顔色は悪い。

「どうしたの？」

「昨夜寝ていたら何か音がして、ふっと目が覚めたんだよ。それで耳を澄ましたら、『私、奈南』と聞こえてきた」

「玄関の電話から?」

「違う。天井のほうから」

「え⁉」

まじまじと、奈南は久子を見つめた。

「少し間を置いて三回、『私、奈南』という声が天井から降ってきたのよ」

座卓に目を落とし、半ば呆然《ぼうぜん》と久子が応える。

「そんなことって……」

呟いて、奈南は思いを巡らせた。

奈南の実家は、四階建ての団地の二階だ。建物は古いが鉄筋で、すこぶる頑丈にできている。

防音にも優れており、奈南は実家に住んでいる間、三階や一階、あるいは隣の物音に、ただの一度も悩まされなかった。多少の生活音はするが、床、天井、壁越しに声が聞こえたことはない。

「三回目に聞いた時は、はっきり目が覚めていた。幻聴とか夢じゃない」

久子が言う。

「窓、閉めてたよね」

「もちろんよ。昨夜も寒かったから」

「だよね」

　と、奈南は沈思する。

　新見家の真上には、年配の夫妻が住む。品のよい常識的なふたりで、新見家と諍《いさか》いなどはない。征司が亡くなった時、ふたりは葬儀で涙さえ浮かべてくれた。その夫妻が久子に、嫌がらせをするはずはない。

　ならば答えはひとつ。

　久子は否定したが、やはり幻聴なのだ。留守番伝言を気に病み、電話に怯《おび》え、久子は夜中に幻の声を聞いた。

　奈南はちらと久子を窺《うかが》う。彼女は青ざめ、頬《ほお》のあたりに強《こわ》ばりがある。沈黙がきて、小さな部屋が静寂に包まれた。

「そういうことが、あったから」

　ぽつりと言い、ふいに久子が腰をあげる。このまま帰すのは忍びなく、しかしこの狭い部屋に、いてもらうわけにもいかない。

「もう開いている店があるから、外でお茶しよう。それから家まで送ってくよ」

「いいよ、悪いよ」

慌《あわ》てて久子が言う。

「今日のバイト、午後だから」

ことさらに明るく応え、奈南は着替えを始めた。

4

奈南はバイトを休み、墨田区の実家へきていた。亡き父、新見征司の月命日だ。午前十一時頃に奈南が実家へ行き、線香をあげて一息つき、久子と外で食事をして別れる。いつしかそれが習慣になった。

手を合わせて目を閉じ、これからも見守ってくださいとお願いし、奈南は仏壇を離れた。座卓につき、母の久子と向かい合う。

奈南のアパートに突然久子がきて、二十日ほど経った。その間久子から連絡はない。しかし目の前にすわる久子の顔色は優れず、憔悴《しょうすい》の様子さえある。

「私の声、まだ聞こえるの？」

と、奈南は水を向けた。小さくうなずき、久子が口を開く。

久子が出かければ、その隙《すき》を突くようにして、奈南の声で「私、奈南」「駄目みたい」「疲れた」と留守番伝言が入る。一晩おきぐらいに、深夜天井から「私、奈南」と聞こえる。

「気にしない、気にしない。そう自分に、言い聞かせているんだけどね」

疲れにまみれた久子の声だ。

「そう」

と、奈南はうつむいた。

アルバイトを辞め、多摩市のアパートを引き払って実家へ戻る。そのことを半ば決め、奈南は今日、実家へきた。

天井からの声は幻聴だとしても、留守電は事実だ。しかし奈南が実家にいれば、電話はこないのではないか。たとえあってもふたりならば心強いし、なんらかの手を打てる。

けれど逡巡《しゅんじゅん》が邪魔をして、奈南の口から言葉が出ない。

それにひとつ、問題がある。

「ちょっとごめん」

久子にそう断り、奈南は腰をあげた。廊下に出て少し行き、扉の前に立つ。奈南が使っていた部屋だ。

ノブを摑《つか》み、奈南は慎重に扉を開けた。まるで変わっていない部屋の様子に、ため息を落とす。

ベッド、机、本棚。それら奈南の調度を覆い隠して、古びたおもちゃの箱が部屋を占拠していた。数えたことはないが、数百箱はあるだろう。

父の征司は生前、飲み終えたビールやジュースの缶を、一種類につき一缶ずつ、捨てずに取って置いた。なぜそんな蒐集《しゅうしゅう》を始めたのか、自分でも解らないと征司は笑う。ともかくも征司にとって唯一の趣味であり、空き缶の蒐集は死の寸前まで続く。

征司の実家は戦前から、多摩市内でおもちゃ屋を営んでいた。かなり前に閉店したが、店の奥に住居があって、征司の両親は今もそこに住む。

おもちゃを買って中身だけ持っていく子も多く、店にはおもちゃの空き箱が、大量にあった。ずいぶんと古い箱も多い。

閉店する際に商品は売り払ったが、箱など売れるはずもない。おもちゃの空き箱は手つかずに残り、征司はよく実家へ行って、それらをもらってきた。集めた空き缶を仕舞うためだ。

奈南の部屋を埋め尽くすおもちゃの箱には、どれも空き缶が入っている。奈南の部屋だけではない。新見家のいたるところに、空き缶入りのおもちゃの箱があった。容積的に見て、奈南の部屋のおもちゃの箱を、家の別の場所に移すのは無理だ。

三年前に征司が事故死し、空き缶はいわば遺品になった。生前には時々征司に処分を迫った久子も、空き缶を捨てられずにいる。

実家へ戻るのは、もう少し先にしよう——。

そう思いつつ、奈南は部屋の扉を閉めた。久子とともに実家を出、行きつけの洋食屋に入る。言葉少なく昼食を取り、久子とその場で別れた。

しかし翌朝、奈南は久子と再会する。いつかのように、突然久子がアパートにきたのだ。この前よりも久子の顔色は悪く、わずかに震えてさえいる。

「ごめんね、でも、とにかく怖くて……」

心から済まなそうに、狭い三和土で母が言う。

「とにかくあがって」

奈南は応えた。

ふたりで座卓を囲み、奈南は問うた。

「なにがあったの？」

「『私、壊れたかも知れない』、『殺し……て』。そんなあなたの声が、昨夜天井から降ってきたの。それから私、眠れなくて……」

そう応える母の歯が、かちかちと鳴った。

娘のそういう言葉を聞けば、たまらないだろう。しかし奈南は昨夜アパートにいた。

「お母さん、それは幻聴だと思う」

はっきりと奈南は言った。

「確かに聞こえたのよ。でも、そう。あなたの言うとおり、幻聴かも知れないね」

と、久子は肩を落とした。

「ごめんね、顔を見て安心したから」

言って久子が腰をあげる。その気遣いが痛々しく、奈南は思わず口を開いた。

「私、実家へ戻るよ」

「え？」

心労に囚《とら》われた久子の顔に笑みが灯る。それを見て、奈南はすっかり迷いを捨てた。

5

「問題はこれよね」

おびただしいおもちゃの箱を見て、奈南は言った。墨田区の実家だ。久子とふたりで廊下に立ち、扉を開けて奈南の部屋を眺めている。

「どちらにしても処分しないと、私は戻ってこられない」

「そうよね、この際片づけましょう」

久子が応えた。しかしそのあとで、奈南と久子はため息をつく。箱の数はあまりに多く、どのように処分すればよいのだろう。

「箱と缶をすっかり分けて、それぞれの収集日に、ゴミの集積場所へ出すしかない」

奈南は言った。首を横に振り、久子が口を開く。

「一度にたくさん出せないわ」

「そうか……」

集積場所といっても、半坪ほどをコの字にコンクリートで囲っただけだ。大量に出せば、ほかの人々の迷惑になる。しかも征司の蒐集癖は近所の知るところだから、新見家が出したことに気づかれる。

では少量ずつ出すとして、缶の収集は週一回だ。奈南の部屋の缶がすっかり片づくまで一年か二年、あるいはそれ以上かかる。

クリーンセンターへ搬入する手もあるが、新見家には車がない。奈南は免許証を持っているけれど、征司の事故死以降、ハンドルは握るまいと決めた。

「ちょっといい？」

そう言って久子が廊下を歩き出す。奈南たちは居間に入った。座卓の前に奈南をすわらせ、久子は席を外す。

一枚の紙を手に、久子はすぐ戻ってきた。

「これなんだけど」

と、紙を座卓に広げる。二色刷りの文字だけのチラシだ。

「処分にお困りの不用品。瓶、缶、ペットボトルなどの資源ごみ。すべて無料で引き取ります。お電話一本ですぐ駆けつけます」

そう記され、下の方に「資源活用センター」という社名と、携帯の電話番号がある。

「どうしたの、これ？」

奈南は問うた。

「ここ一週間ぐらいかしらね。ほぼ毎日、朝刊に折り込まれてくるの」

「そう」

「『もうおれの蒐集品は処分して構わない』。天国でお父さんが、そう言っているのかも知れないね」

吐息を落とし、久子が話を継ぐ。

「渡りに船ではあるけれど、無料と言いつつ、お金を請求してこないかしら？」

「無料と書かれたこのチラシを、捨てずに取っておこうよ。それと電話で話を聞いて、書類に署名が必要とか、契約書を交わすなんて言ってきたら、頼むのをやめよう」

「そうね」

「それじゃ私が電話しようか？」

「ありがとう、助かるよ」

「うん」

と、奈南は席を立った。玄関へ行って、電話の受話器を取りあげる。久子が横にきた。

わずかに緊張を覚えつつ、奈南はチラシに記された番号をまわす。数回の呼び出し音のあと、男性が出た。

「お電話ありがとうございます、資源活用センターです」

感じのよい口ぶりだ。安堵しつつ、奈南は詳しく話す。

缶やおもちゃの箱はすべて無料で引き取り、契約書の取り交わしや署名など、一切必要ないという。

横に立つ久子とうなずき合ってから、奈南は依頼した。この際だから、家中の空き缶入りの箱を、引き取ってもらうことにする。缶と箱の仕分けは不要だと、男性は言った。

三日後。アルバイトが休みの奈南は、午前中の早い時間に実家へ行った。前掛けをした久子が出迎え、奈南にエプロンを渡してくる。

ほどなく約束の時間になり、建物の前にトラックの停《と》まる音がした。奈南と久子は玄関を出て、階段を降りる。

二トンの箱形トラックがあり、脇に男性がふたりいた。どちらも二十代前半に見える。同じ帽子をかぶり、揃《そろ》いの作業服という出《い》で立《た》ちだ。

埃《ほこり》をかぶった箱もあると、電話で奈南が言ったからだろう。ふたりともマスクをし、軍手を嵌《は》める。

奈南と久子は声をかけた。男性たちが会釈してくる。帽子とマスクで顔は隠れ、その間から覗く目つきは、ふたりともややきつい。元不良という雰囲気だ。

さりげなく、奈南はトラックを見た。社名などは入っていない。

「では早速」

男性が言い、奈南たちは階段をあがった。四人で新見家に入り、各部屋をまわって、引き取ってもらう箱を男性たちに告げる。

早速作業が始まった。男性ふたりが慣れた様子で、てきぱきと箱を搬出する。邪魔にならない場所を転々としつつ、奈南と久子は見守った。

二時間ほどが過ぎ、作業の終わりが見えてくる。お茶の用意をしようと思い、奈南は台所へ向かった。廊下の途中の和室に、男性の姿がある。

奈南は足を止めた。なぜか男性は、仏壇の前にいるのだ。もうひとりは外に出て、久子は別の部屋にいる。

首をひねりつつ、奈南は廊下から和室を窺う。男性が腰を折り、軍手を嵌めたままの手を仏壇に伸ばした。

なにか盗む気だろうか。

奈南は息を潜めた。

サングラス、ライター、煙草。征司が事故死した時、車の中で無事だった品々だ。

征司は運転中、時々サングラスをかけた。家の中で煙草は吸わず、ひとりで車に乗る時だけ、喫煙していたらしい。それら遺品が、仏壇に置いてある。

男性はサングラスを手に取った。束の間眺めたあとで、ポケットからハンカチを取り出す。

奈南はますます首をかしげる。

男性がハンカチで、サングラスを丁寧に拭《ふ》き始めたのだ。

なぜそんなことをするのだろう。

奈南がそう思っている間に拭き終え、男性がサングラスを仏壇に戻す。理由を質《ただ》そうと思ったが、その勇気が出ず、奈南はそっとその場を離れた。

それからほどなく作業が終わる。驚いたことに、トラックの荷台がおもちゃの箱で、ほぼ一杯になった。

茶を勧めたが断り、約束どおり金銭の要求はせず、男性たちが急ぐ様子で去る。トラックを見送り、奈南と久子は家に戻った。驚くほど広く感じる室内の、掃除を始める。

「お父さん、ごめんなさい。でもこれでよかったのよね」

ふっと手を止め、久子が言った。

第二章　闇の探偵

1

息を整えて、百成完《ももなりかん》は扉を叩《たた》いた。ややあって開き、品のよいポロシャツと上質のチノーズに身を包んだ男性が、姿を見せる。

「お久しぶりです」

と、百成は頭をさげた。

「入ってくれ」

その男性、月澤凌士《つきさわりょうじ》が言う。

月澤に先導され、百成は前室を抜けて主室に入った。広い部屋の中央に応接セットが置かれ、左手にはちょっとしたバーカウンターがある。

正面の、嵌め殺しの窓にかかるカーテンは上品な紺色だ。それが左右に引かれ、白いレースのカーテン越しに紺碧《こんぺき》の海が望めた。ここは十階だから、彼方まで見渡せる。

豪華さを抑え、その分深い落ち着きがある。そういう雰囲気の部屋で、これは月澤の好みなのだろう。一流ホテルの客室は、なにより過ごしやすさを優先するという。百成が住む警察の独身寮とは、雲泥の開きがある。だが百成は一夜たりとも、この部屋で過ごしたいとは思わない。

勧められ、百成はソファに腰をおろした。月澤はカウンターの中へ入り、バーテンよろしくこちらを向く。

「シャンパンでいいか」

月澤が言った。

「車でここまで、きましたから」

百成は警視庁捜査一課の殺人犯捜査第四係に籍を置く、いわゆる刑事だ。飲酒運転など、できるはずもない。

「ジンジャーエールか」

と、月澤が肩をすくめる。

シャンパンとジンジャーエールの瓶、グラスをふたつ載せた盆を手に、月澤がこちらへきた。盆をテーブルに置き、百成の向かいのソファにすわる。

月澤は三十六歳だという。百成より七歳年上のはずだが、三十歳そこそこにしか見えない。

神が特別丁寧に創りあげたように、月澤は彫りの深い上品な相貌を持つ。その横顔は、気高いギリシャ神話の神々を思わせるほどだ。彼の仕草は洗練され、落ち着きと軽やかさが自然に溶け合う。街で月澤とすれ違えば、振り返る女性も多いだろう。

身長が百八十センチを超える月澤は、着痩せするたちらしく、一見ほっそりしている。けれどポロシャツの袖から覗く二の腕には、筋肉がしっかりとあった。

見せるためのものではなく、引き締まった実戦的な筋肉だ。優雅な仮面の裏に、月澤は獰猛《どうもう》な肉体を持つ。

月澤がシャンパンを開けた。百成のところにまで、仄かに芳香がくる。

百成はジンジャーエールを開け、グラスに注いだ。月澤とともに杯《はい》を持ちあげ、それぞれ口へ運ぶ。

「うん、うまい」

そう言って、月澤は顔をほころばせた。無邪気さと大人の渋みを併せ持つ、魅力的な笑みだ。惹《ひ》き込まれそうになり、慌てて百成は自戒する。目の前にいるのは、あの月澤凌士なのだ。

「さて、聞かせてくれ」

と、月澤がソファに軽く背を預ける。首肯して百成は口を開いた。新見奈南や母の久子が体験した、声にまつわる奇妙な出来事を語る。

「それから新見奈南さんはアパートを引き払い、コンビニのバイトを辞めて、墨田区の実家に戻りました。

その日を境に留守番伝言はぴたりと止み、久子さんの寝室の天井からも、奈南さんの声は降ってこないそうです」

百成は話を結んだ。

「おれのところにくる事件ではないな」

月澤が言う。

「はい。月澤さんにご担当頂く事件ではありません。実は……」

と、百成は話し始めた。

奈南が実家に戻ると、母の久子は以前の明るさを取り戻した。しかし一時期、久子は精神的にかなり追い詰められた。

誰の悪戯か解らないが、このまま済ませたくはない。奈南はそう思い、しかし墨田区内の警察署へ相談しても、取り合ってくれないだろう。

コンビニでバイトしていた頃、所轄の多摩中央警察署が、小売店を対象にした防犯講習会を時折開いた。奈南は何度か参加し、講習会をとおして懇意になった警察官がいる。

彼ならば相談に乗ってくれるかも知れない。奈南はそう思い、多摩中央警察署へ足を運んだ。

東京都西部の多摩中央警察署は、多摩市と稲城《いなぎ》市を管轄する。稲城市で起きた、とある殺人事件の捜査本部が多摩中央警察署に設置され、百成はそこに詰めていた。

捜査本部は発足したばかり。最初の捜査会議が終わり、百成は多摩中央警察署内の、同期の警察官を訪ねた。久しぶりの再会を喜んでいると、相談者が彼を訪ねてきたという。それが新見奈南だった。

「奇妙な留守電があったのです」

そう切り出す奈南の話に興味を覚え、去ろうとしていた百成は、足を止めた。奈南の承諾を得、同期とともに話をすっかり聞く。

話を終えると、奈南はスマートフォンを取り出した。家の電話に吹き込まれた伝言を、新見久子は消していない。奈南は自分のスマートフォンに、それらを録音してきたという。

同期の警察官と百成は、伝言を聞いた。

「私、奈南」「調子が悪い」「駄目みたい」「疲れた」など、間違いなく目の前にいる奈南の声だ。抑揚は少し変だが、人工的に作られた音声ではない。

「しかし新見奈南さんは、ご実家の留守電に伝言を吹き込んでいません。誰かに命じられ、マイクの前などでそれらの言葉を使った覚えもないそうです」

百成は一旦口を閉じた。向かいにすわる月澤は、わずかに沈思の様子だ。ジンジャーエールで喉を湿らせ、百成は話を継ぐ。

「悪質ではあるが、留守電に声を残した程度では罪に問えず、警察は動けない。相談を受けた同期の警察官はそう言って、奈南さんを帰しました。しょげた彼女の様子は可哀相で、なんとかしてあげたい。けれど奇妙な話であり、この事件をどう眺めてよいのか。それすら解らないのです。そうしたら今日、月澤さんに会うことになりました。新見家の事件について、どう思われたのか。せめてそれだけでも、聞かせて頂けませんか？」

すがるように百成は言った。

月澤ほどではないが、自分の容姿も整っていると百成は思う。けれど華奢《きゃしゃ》で男性的な強さはなく、気の弱そうな顔立ちなのだ。捜査一課の刑事といっても、信じてもらえないことが多い。

しかし百成は、そういう自分を変えようと思わない。

優男で気の弱そうな刑事。そう思わせれば、被疑者は油断する。ほろりと本音を、百成にこぼす事件関係者もいる。

威圧型の刑事には口をつぐむ目撃者が、百成には同情し、目撃談を語ってくれることもある。また聞き込みでも、ほかの刑事が得られない情報を、百成は時に拾う。

もちろんいいことばかりではない。被疑者に舐《な》められ、愚弄《ぐろう》されることすらある。だが手柄を得るには、ほかの刑事と違う要素が必要なのだ。

「奇妙な留守番電話か」

と、月澤は遠い目をした。事件のことを考え始めたらしい。月澤の思考を邪魔しないよう、百成は息を潜める。

ほどなく月澤が、グラスに手を伸ばした。シャンパンを飲み干し、微風のような笑みを浮かべる。

「もう解ったのですか?」

驚きつつ、百成は問うた。

「いくつか確認したいことがある」

「はい」

百成は手帳を取り出した。月澤が口を開く。

「確認事項その一。空き缶を引き取った業者、『資源活用センター』のチラシがまだ新見家に残っていれば、そこへ電話してみてくれ。

その二。チラシは新見家の近所の新聞にも入っていたか、それを確認。

その三。新見家のエアコンのダクトを、調べてくれ。

その四。新見征司の空き缶蒐集癖を、他人が知るのは容易か。

その五。この事件が起きる直前、新見奈南さんがバイトするコンビニで、コピー機が故障した可能性がある。コピー機が無事であれば、ほかになにかの店内施設に、異常が起きていたはず。そのあたりを調べてほしい」

手帳に書き留めつつ、百成は混乱していた。どうしてエアコンやコピー機が出てくるのか。

「調べれば、いずれ解るさ」

百成の思いを見透かし、月澤が言った。

「はい」

「一旦署に戻るか？」

「本題の事件を月澤さんに話さずに帰ったら、上長にどやされます。奈南さんが相談した同期の警察官に連絡を取り、私もあちこち電話してみます。

ちょっと外へ出てきますね。ジンジャーエール、ごちそうさまでした」

「どうせ税金さ」

月澤が肩をすくめた。

「それはそうですけど」

と、百成は腰をあげる。

2

月澤の部屋がある建物は、円筒形の十一階建てだ。環状の建物の中心は吹き抜けで、そこに中庭がある。

いつもどおりの手続きで何枚かの扉を抜け、百成はエレベーターで一階へ降りた。

中庭へ出ると、まずは青々とした芝生が目に入る。石畳がその間を縫い、所々に木のベンチが配され、中心に噴水があった。

三月の上旬だが、今日は四月並みの陽気だという。西洋の美しい庭園さながらの中庭に、点々と人の姿があった。

ある者はのんびりと散策し、別の者はベンチにすわって本を開く。噴水の前では男女が、笑みを浮かべて語らう。極上の休日のような、優しい光景だ。

百成は彼らに気づかれないようひっそり歩き、中庭の外れへ向かう。

忘れ去られたようにベンチがひとつ、木の陰にあった。そこに陣取り、百成はあちこちにメールを送り、電話をかける。

少し時間はかかったが、月澤に命じられた事柄をすべて確認し、百成は中庭をあとにした。エレベーターで十階へあがり、月澤の部屋を再訪する。

先ほどと同じく主室のソファで、百成は月澤と向かい合った。月澤は背をソファに預けて足を組み、左手を遊ばせ、右手にシャンパングラスを持つ。

あるかなしかの笑みを浮かべ、ゆったりくつろぐかのようだ。だが月澤の双眸には、叡《えい》智《ち》の光がある。体の力は抜き、けれど脳は休ませていない。そんな様子に見える。

ジンジャーエールを一口飲み、手帳に目を落として百成は報告を始めた。

「まず確認事項の一ですが、新見久子さんが『資源活用センター』のチラシを持っていました。彼女に電話番号を聞き、かけてみましたが繋《つな》がりません」

「次は？」

「確認事項の二。新聞配達店によれば『資源活用センター』のチラシなど、ただの一度も折り込んでいないそうです。

確認事項の三。久子さんの寝室にエアコンがあって、室外機はベランダに置いてあります。窓の上の外壁に穴が穿《うが》たれ、室外機から出たダクトはそれをとおって、室内機に繋がります。

そのダクトの上部、穴に入る少し手前に、テープで補修した痕がありました。テープの補修痕はまだ新しく、ところが新見家では、最近エアコンの修理を頼んでいないそうです。

新見家にはエアコンが三台あり、ほかの二台は異常なしです。

確認事項の四。新見征司さんが生きていた頃、久子さんはご近所の主婦たちに、『夫の集めた空き缶で、家が埋まりそうよ』とこぼし、征司さんが空き缶を集めておもちゃの箱に入れていることを、よく話したそうです。

新見家を訪問すれば、そちこちに置かれたおもちゃの箱に、誰でも気づきます。団地別棟の三階や四階から新見家を見下ろせば、窓越しにおもちゃの箱が目に入る。

それらの事柄から、征司さんの蒐集癖を他人が知るのは容易と思われます」

「興味深い報告だな。うん、続けてくれ」

「はい。確認事項の五。奈南さんの声が、新見家の留守番伝言に初めて残されたのは、一月十二日です。奈南さんに確認したところ、その一週間ほど前、彼女の勤務するコンビニで、コピー機が故障したそうです」

と、百成は詳しく話し始めた。

その日奈南が店にいると、男性客が入店してコピー機のところへ行った。鞄《かばん》から書類を取り出し、金を入れてコピーを始める。しかしほどなく手を止めた。遠慮がちにコピー機を覗き込み、それからしきりに首をひねる。

男性客は奈南に声をかけてきた。コピー機が動かないという。

給紙の合図が出ているか、それとも紙詰まりだろう。そう思いつつ、奈南はコピー機のところへ行った。しかし紙はあり、詰まりが起きたという表示も出ていない。トナーの量も充分だ。

客と言葉を交わしつつ、奈南はコピー機をざっと調べたが、原因は解らない。別の店でコピーすると言って客は帰り、奈南は修理センターに連絡した。

やがて修理担当者がきて、コピー機を調べ始める。結果、排紙部分の部品が破損していた。

「あまり壊れない部品らしいのですが、修理担当者は部品をひととおり、車に積んでありました。担当者がその部品を交換し、コピー機は直ったそうです」

百成は話を結んだ。シャンパンを口に運び、それから月澤が言う。

「ここ何年か、おれはコンビニに行っていない」

「でしょうね」

「しかし当時、コンビニでコンサートの券が買えた。事前に予約し、コンビニのレジで金を支払い、その場で券を受け取る仕組みだ。今もコンビニで券は買えるよな」

「はい。コンビニの情報通信端末などで手続きし、レジで支払って券を受け取れます」

「有明《ありあけ》コロシアム、知ってるか？」

月澤がいきなり切り出し、百成は目をぱちくりさせた。謎を解く際、月澤は時に言葉を飛躍させる。そして戸惑う百成を見て、楽しむのだ。

「有明にあるコロシアムですよね」

「そのままだな」

と、月澤は苦笑した。彼の面持ちに、優しさがわずかに滲む。笑みを引き、月澤が言う。

「新見家の留守電に残された奈南さんの言葉は?」

「ええと『私、奈南』、『調子が悪い』、『私、駄目みたい』、『疲れた』です」

「母親の久子さんが聞いたという、天井から降った奈南さんの声は?」

「『私、奈南』、『私、壊れたかも知れない』、『殺し……て』」

「有明コロシアムでコンサートがあり、七千円の席を予約する。奈南さんがコンビニのレジにいる時を見計らい、金を支払って券を受け取る。

その際奈南さんは客に対し、『有明コロシアムですね』、『七千円になります』、『チケットは今、お渡しします』ぐらい言うだろうな」

「そうでしょうね。え? まさか」

百成は息を呑む。小さな閃光《せんこう》が脳に走り、不意に視界が開けたのだ。少しの間沈思し、百成は口を開く。

「犯人は奈南さんから券を買う際、小さな録音機か、携帯音楽プレイヤーを隠し持っていた。そして彼女とのやり取りを、すべて録音する。

こうすれば『有明コロシアム』から『殺し』、『七千円』から『奈南』、『お渡しします』

から『私』。そういう奈南さんの言葉を取れる。そうですね！」

「一回で三つとも、うまく録音できないかも知れない。だが手を替え品を替えれば、やがて言葉は集まる。『て』という奈南さんの声も取れるだろう」

月澤が言った。

「『コロシ』をそのまま使っても、母親の久子さんは『殺し』に変換しないかも知れない。けれど一言、『て』を繋げて『殺し……て』にすれば、娘の奈南は死を望むほど悩んでいると、久子さんは思う」

「百成。新見家の留守電に残された伝言を、君は聞いたよな」

「はい。先ほども話しましたが、抑揚が少しおかしかったです。『コロシ』を『殺し』、『渡し』を『私』など、同音異義語だったからですね」

「そう。さらに君は奈南さんの伝言を聞き、人工的に作られた声ではないと感じた」

「はい。一言ずつ声を繋ぎ合わせた。あるいは奈南さんの声をパソコンで合成した。そういう不自然さは、一切ありませんでした」

「録音機を隠し持ってコンビニへ行き、奈南さんと多く会話し、五十音すべて録音する。そこまでは可能だろう。

しかし録音した声を、パソコンかシンセサイザーで編集し、『調子が悪い』『壊れたかも知れない』などの言葉を作っても、相当たどたどしくなるはずだ。

音の仕事に携わる者が専用の機材を使うのならばともかく、そう簡単に流暢《りゅうちょう》な音声は作れない。電話の音声案内でも、声を繋ぎ合わせたものはすぐにそれと解るだろう」

「はい」

「だからコンビニのコピー機が、動かなくなったのさ」

月澤が言葉を飛躍させた。一瞬ぽかんとし、けれど百成はすぐについていく。

「コピー機は壊れたのではなく、客が壊したのですね」

奈南は恐らく、コピー機のちょっとした動作不良に慣れている。その奈南が解らないような部品をわざと壊し、客は奈南に声をかけたのだ。

奈南はコピー機を調べながら、客と会話する。その際奈南は『コピー機の調子が悪いのですか?』『壊れたかも知れない』『コピー、駄目みたいですね』などと言った。客はそれを録音する。

「まず、そうだろう。ほかにたとえば客として、『疲れた時に飲む栄養剤ありますか?』と奈南さんに訊《き》く。彼女がおうむ返しに『疲れた時の飲料ですか。こちらにあります』と応えれば、『疲れた』が録音できる。

犯人は必ずしも『調子が悪い』『駄目みたい』『疲れた』という言葉が、欲しかったのではない。

母親の久子さんが聞けば、悪い予感に囚われる。それとも奈南さんの身を案じる。そういう言葉を録音できればいい。さほど難しくないだろう」

　そう結び、月澤はグラスにシャンパンを注いだ。

3

　小さな沈黙を楽しむかのように、月澤が静かにシャンパンを口へ運ぶ。彼がグラスを置くのを待って、百成はしじまを破った。

「それから犯人は新見家に電話し、録音した奈南さんの声を、留守番伝言に残したのですね」

「最初からすべての言葉を使えば、声の持ち駒が限られていることに気づかれる。それに久子さんをじわりと追い込むため『私、奈南』から始めて、少しずつ言葉を増やしていったのだろう」

「それでとどめに『殺し……て』ですか。でもその声、天井から降ってきたと、久子さんは言っています。どうやって天井から、声を落としたのですか？」

「確認事項の三を思い出してくれ」

「え？　はい」

　久子の寝室のエアコンは、ベランダに室外機がある。窓の上の外壁に穴が穿たれ、室外機から伸びたダクトは、そこをとおって室内機に繋がる。

そのダクトの上部に、テープで補修した痕があったという。

「もう解っただろう?」

百成は思いを凝らす。だが答えは見えてこない。月澤が言う。

「犯人は新見家のベランダに侵入し、外壁から出ているダクトの上部を切って穴を開ける。そしてそこからダクト内へ、細い棒を入れた。

棒の先には携帯音楽プレイヤー用の、とても小さなスピーカーが結んである。犯人はそろそろと棒を入れる。ダクト内のスピーカーは、やがて室内側に到達する。

さすがにもう解っただろう」

と、月澤はグラスを手にした。

ダクトや小型スピーカーの状況を脳裏に描き、ついに百成は首肯する。そして口を開いた。

「犯人は手元に携帯音楽プレイヤーを持ち、再生ボタンを押したのですね。録音しておいた奈南さんの声が、ダクト内のスピーカーから流れ出て、室内機の吹き出し口あたりから聞こえる」

「天井から降る声の、それが正体だ。繰り返せば久子さんも音の出所に気づくから、あまり何度もできないとは思うが」

「新見久子さんに恨みがあって、そんなことをしたのですよね。だとすれば犯人を絞るのは、たやすいかも知れません」

「ちょっと待て」

驚きを帯びた月澤の声だ。

「なんです？」

「犯人の目的、まだ解らないのか？」

「久子さんへの怨恨ですよね」

「違う。犯人の目的は、亡父の征司さんが集めた空き缶だ」

突拍子もない月澤の言葉に、百成の頭は一瞬白くなる。月澤が口を開いた。

「実家へ戻ろうと奈南さんが決心するまで、久子さんを追い込む。だが奈南さんの部屋は、空き缶に占領されている。

『処分にお困りの不用品。瓶、缶、ペットボトルなどの資源ごみ。すべて無料で引き取ります』

犯人はその文面のチラシを作った。早朝新見家へ行き、配達された朝刊を郵便受けから抜き取り、チラシを折り込み元に戻す。これを何日か続ければ、久子さんから連絡がくる可能性はかなり高い」

「空き缶を手に入れるため、奈南さんが実家へ戻るよう仕向けたのですか？」

月澤が首肯する。

「ですが征司さんの蒐集品は、変哲のない普通の空き缶です。価値のない空き缶を、なぜ犯人は欲しがったのです？」

「別に欲しかったわけじゃないさ」

「でも月澤さんは今、犯人の目的は空き缶だと……」

「新見家を訪問すれば、そちこちに置かれたおもちゃの箱に、誰でも気づく。団地別棟の三階や四階から新見家を見下ろせば、窓越しにおもちゃの箱が目に入る。さっきの君の報告だ」

「まさか、箱が目的⁉」

「征司さんの実家は戦前からおもちゃ屋を営み、ずいぶんと古い箱も多い。新見家の空き缶は、そういうおもちゃの箱に入っていた。古いおもちゃの空き箱は、時にオークションで数十万円の値がつくんだぜ」

「空き箱に数十万」

「無論すべての箱に、高値がつくはずもない。しかし新見家のおもちゃの箱は膨大な数だ。オークションでうまくさばけば、かなりの金額になる」

「犯人の目的は久子さんへの恨みではなく、空き缶でもなく、空き箱だった」

その、三段構えの犯人の空き箱奪取作戦を、月澤はあっさり見破った。

「どこかのオークションに、大量の空き箱の出品者が現れれば、それが犯人ですね」

束の間の沈黙のあとで、百成は言った。

「ネットオークションの中には、会員しか商品を見られないものもある。あるいは蒐集家を探し、直接売買交渉を持ちかければ、誰にも知られずに済む」

「蒐集家の方たちを丹念に訪ね歩けば、犯人の尻尾《しっぽ》を捕まえること、できませんか?」

「入手先を秘す蒐集家もいるだろう」

「チラシに記された携帯は……」

「繋がらなかったのだろう。まず『飛ばし』だな」

「ですよね」

と、百成はため息をつく。

架空名義で契約された携帯電話を、俗に飛ばし携帯などと呼ぶ。把握しきれないほどの台数、飛ばし携帯は出まわっており、闇の業者から簡単に購入できる。飛ばし携帯が犯罪に使用されても、番号から真の使用者を特定するのは不可能に近い。

「ほかに犯人逮捕の糸口は……」

そう呟き、百成は忙《せわ》しく思考を巡らす。

「そう焦るな。ところで百成」

「はい」

「そもそも犯人の罪は？」

束の間黙考し、百成は気がついた。犯人は新見家のベランダに侵入し、エアコンのダクトを傷つけた。住居侵入罪と器物損壊罪だが、さほど大した罪ではない。事件は常に発生し、警察はどの部署もすこぶる忙《いそが》しい。この件を百成が所轄署にあげても、動いてくれないだろう。かえって迷惑がられる恐れさえある。

月澤が言う。

「犯人たちは手荒なことをせず、重大な罪を犯さず目的の品を奪った。一方新見家では大量の空き缶を処分でき、奈南さんは実家に戻った。

真相を知ったところで、久子さんは犯人を恨まないだろう。それどころか、感謝するかも知れない。ならばもう、いいじゃないか」

「そうですね。それにしても犯人たちは、なぜここまで手の込んだことをしたのでしょう？」

「さあな。物理的な事件の謎を解くより、犯罪者の心理を解明する方が、よほど難しいんだぜ」

と、月澤が肩をすくめた。

「謎といえば、ひとつ気になることがあります」

「サングラスか」

「ええ。犯人のひとりはどうして、仏壇のサングラスを丁寧に拭いたのか」

「犯人がその行為へ及ぶ可能性はいくつも考えられ、けれど情報が少な過ぎて確定できない。

おれが可能性をひとつずつあげて、その理由を君が推理する。あるいは逆でもいい。そんな思考ゲームをやってみるか？」

「いえ」

百成は小さく首を振った。月澤との頭脳戦など、よほどハンデをもらわない限り、今の百成では到底勝てない。

ゆっくりと髪を掻《か》きあげ、月澤が言う。

「新見家の事件について、ほかに質問は？」

「ありません。真相を奈南さんに告げても、構いませんか？」

「もちろんさ」

「ありがとうございます」

胸のつかえが取れた。新見家の人たちが真相を知って得心すれば、この件は終わりにして構わないだろう。

百成にはこのあと、墨田区の新見家へ行く時間はない。月澤と別れてから奈南に電話で連絡を取り、月澤の推理を告げることにした。

「礼を言われるほどのことは、していないさ。さて、本題に入ってくれ」

4

「稲城市内で男性の他殺体が見つかりました」

居住まいを正し、百成は言った。稲城市は北を府中《ふちゅう》市に、西を多摩市に接する。その稲城市内の西寄り、長峰《ながみね》という場所で死体が出た。

「被害者は寺河充《てらかわみつる》。二階建ての自宅の、一階和室で殺害されたとみられます。事件が起きたのは一昨日、三月八日の日曜日です」

初期の段階から事件を眺めたい。それが月澤の要望であり、彼の手で事件が一刻も早く解決へ向かえば、警察にとっても好都合だ。

月澤が興味を覚えそうな事件が起きれば、百成は早めに月澤を訪ねることが多い。そして事件を詳しく語るのだが、そのためには月澤の「目」になる必要がある。

事件や事故が起きれば、一一〇番通報などにより、最寄りの交番や所轄警察署から警察官が現場へ行く。彼らによって事件性が確認されれば、機動捜査隊や鑑識、所轄署の刑事が現場へ向かう。

二十四時間交代で、常にパトカーで巡回しているのが機動捜査隊だ。一部名称が同じで紛らわしいが、機動隊とはまったく部署が違う。

刑事や機動捜査隊が到着し、事件の有り様がおおよそ見えてくる。現場に死体があれば検視官が死因を調べ、鑑識も動き出す。

この段階で、警視庁刑事部の管理官や理事官に連絡が入る。

事件は月澤行きになる可能性あり。

管理官や理事官がそう判断すれば、現場へ急行せよという緊急の連絡が、百成のところへくる。夜中だろうが非番だろうがお構いなしだ。

だが百成は厭《いと》わない。事件の現場をひとつでも多く見れば、必ず経験値になる。手柄を立てる機会も増えるだろう。

手柄とは、事件の早期解決だ。百成は常にそれを目指す。

いずれにしても百成は、月澤の担当になったお陰で、発生したばかりの事件現場へ行く機会が多い。寺河充殺害事件も、早い段階で現着した。

説明はあとでいいから、まずは現場の様子や思ったことをそのまま語れ。

それが月澤の指示だ。一昨日の出来事を百成は反芻《はんすう》する。

5

百成が籍を置く殺人犯捜査第四係は十名から成り、文字どおり殺人事件や傷害事件の捜査に当たる。

事件が起きて四係が担当になれば、百成たちは捜査本部に詰め、ほぼ休みなく働く。だが事件を抱えていなければ、月曜日から金曜日まで日勤で土日は休む。

今、四係は事件を担当していない。けれどいつ呼び出されるか解らない百成だから、休日の行動は限定される。

休みの日、百成は背広姿で図書館へ行き、新聞の縮刷版を読むことが多い。目に留まった殺人事件の続報を紙面に追い続け、捜査の流れを想像する。

いち早く事件を解決へ導くための、百成なりの稽古だ。それにこれならば緊急連絡がきても、すぐに途中で止められる。

その日の気分で百成は、都内のあちこちの図書館へ行く。一昨日の日曜日、百成は江東《こうとう》区の図書館にいた。日が落ちるまで縮刷版を読み、図書館を出て夕暮れの街を歩く。

運河や川が幾筋も流れるこのあたりは、独特の風情があり、百成のお気に入りだ。越中島《えっちゅうじま》まで足を伸ばし、水上バスにでも乗ってみようか。

そんなことを思いつつ百成はのんびり歩き、そこへスマートフォンが振動した。取り出して目をやれば、捜査一課の理事官だ。

緊急の連絡以外、彼からの着信はない。一瞬で身が引き締まるのを覚えながら、百成は電話に出た。

「稲城市で殺人事件が起きた。今から行けるか？」

「はい」

百成は即答する。理事官から被害者の氏名と現場の住所だけを聞き、百成は通話を終えた。スマートフォンで調べ、すぐに向かう。

一時間ほどで稲城駅へ着いた。これが最寄り駅なのだが、現場まで一キロ半ほどある。百成はタクシーに乗った。後部座席に収まり、車窓を流れる景色に目を凝らす。

風景のどこかに、事件のヒントがあるかも知れない。それに月澤は現場やその周辺について、時に突拍子もない質問を繰り出す。

月澤の「目」としての役割は、すでに始まっているのだ。一瞬たりとも気は抜けない。

街行く人たちのほとんどは、この稲城市で殺人事件が起きたことを、これから知るのだろう。駅の周りに異様な緊張感はない。のどかさの漂う緑多き静かな街を、タクシーは行く。

やがてタクシーは、幹線道路からそれた。ちょっとした住宅街に入り、しかしほどなく家々は減る。右手に広やかな緑地が見え始めた。

少し先でタクシーは左へ折れる。瞬間百成の目に、異変が飛び込んできた。住宅街の外れの寂しい場所。そこにぽつんと家があり、何台ものパトカーが停まっているのだ。赤色灯が宵の空を赤く染める。

運転手も驚いたのだろう。タクシーの速度がぐっと落ちた。そのまま停まってもらい、百成はタクシーを降りる。あたりに目を配りつつ、家に向かった。

まばらな林に三方から遠巻きに囲まれる格好で、その家は建つ。付近に家はなく、通勤者や買い物客がとおる道でもなさそうだ。しかし家のまわりには、人だかりがあった。野次馬だろう。報道関係者の姿はまだない。

百成は腕時計に目を落とした。まもなく午後七時だ。あの家から一一〇番通報が入ったのは、午後五時四分だという。

家の周囲に立ち入り禁止のテープが張り巡らされ、その前に制服姿の警察官が数人立つ。彼らのひとりに警察手帳を見せ、百成はテープをくぐった。

正面に玄関があり、その右は車庫で、三ナンバーの大きなワゴン車が一台停まる。玄関の左手は広めの庭だ。正面以外の三方を、ブロック塀がコの字形に囲う。

鑑識員たちがそちこちに散り、投光器や外灯の下で作業中だ。背広姿の男たちや制服に身を包んだ警察官が、その間を足早に行き来する。

殺人現場には、独特の緊張感がある。だが、今日の現場はいつも以上に空気が硬い。

わずかに首をひねり、百成は玄関から中へ入った。灰色の背広を着た五十代後半の男性が、廊下の先にいる。痩せたその背に見覚えがあった。

稲城市を管轄下に置く多摩中央警察署の刑事、安芸泰治《あきやすはる》だ。以前、とある事件の捜査本部で一緒になった。

「お久しぶりです」

百成は声をかけた。

「百成さんか、久しいですね」

こちらを向き、安芸が応える。彼はかつて、警視庁捜査一課にいたという。百成にとって大先輩だが、安芸は誰に対しても言葉遣いが丁寧だ。物腰にも刑事らしからぬ柔らかさがある。

「帳場が立つこと、もう決まったのですか」

帳場とは捜査本部を指す符丁だ。多摩中央警察署に捜査本部の設置が決まり、警視庁から百成がきたと安芸は思ったらしい。

「いえ、まだはっきりとは」

百成はお茶を濁《にご》した。月澤凌士という人間が、殺人事件などを密《ひそ》かに調べて解決へ導く。

そのことは、一切公表されていない。世間がこれを知れば、警察は非難の集中砲火を浴びるだろう。

職業柄、概して刑事は口が堅い。まして上司に口止めされれば、まず漏《も》らさない。しかし百成は刑事たちにさえ、上の許しがなければ月澤のことは話せない。

警察内でも、月澤のことを知る人間は限られる。いち早く現場へきた百成を見て、なにも訊かずに目配せをよこす刑事がそれだ。つまり安芸は、月澤のことを知らない。

「私、今日は休みだったのですが、登庁して書類仕事をやっていました。そうしたら一斉無線で、稲城市で死体が見つかったと流れたのです」

百成は言った。嘘をつくのは心苦しいが、仕方ない。

「それでここへきたのですか」

「はい。ちょうど仕事も一段落でしたし」

「帳場が立って、この事件に携わることになれば、現場を見るに越したことはない。たとえ事件の担当にならずとも、現場を見れば経験を積める。

そう考えたのでしょう。手柄を立てて出世を望む百成さんらしい」

揶揄《やゆ》を帯びた安芸の声だ。反駁《はんばく》せず、百成は苦笑いする。

「無線では詳しく報じていないと思いますが、ホトケさんは身内です」

声を改めて、安芸が言った。

「え？　では被害者は」

「はい。日野警察署交通課の警察官です」

「警察官……」

歯の間から言葉を押し出すように、百成は呟く。だから現場の雰囲気が、いつもと違ったのだ。

被害者の名は寺河充と、電話で理事官は言った。初めて聞く名前であり、百成は寺河と面識はない。けれど百成の心は沈む。「身内」という安芸の言葉が沁《し》みた。

「ホトケさん、まだいますよ」

安芸が言った。うなずいて、百成は廊下にあがる。

百成をうながして、安芸は廊下を歩き出した。先の左手にふすまがあり、そこで安芸が足を止める。ふすまは開け放たれていた。その向こうの和室に目をやり、百成は息を呑む。

静かに息を吐きつつ、百成は部屋の様子を眺めた。

八畳間だ。右奥に小さな床の間があって、一輪挿しが置かれて掛け軸がかかる。床の間の右隣は押し入れで、簞笥《たんす》などの調度はない。正面突き当たりに、大きめの障子が二枚。障子の向こうは庭だろう。

そういう和室の真ん中に、うつ伏せの男性がいた。灰色のジャージを穿き、上半身はT

シャツ姿だ。両手首をうしろ手に縛られ、両足の腿《もも》と足首も、ロープでぐるぐる巻きにされている。

男性はあごを畳につき、顔を立てて前方を見るかのようだ。あごのあたりから凄《すさ》まじい出血がある。血は畳を赤黒く染め、すでに乾いているが、むせかえる臭いさえ漂ってきそうだ。

だが――。

百成は死体を見慣れており、血染めの様子に驚いたのではない。百成が息を呑んだのは、別の理由だ。

6

百成は一旦言葉を切った。月澤はソファに背を預け、くつろいだ様子だ。時折シャンパンを口元へ運び、じっと百成の話に耳を傾ける。

ジンジャーエールで喉を湿らせ、百成は口を開いた。

「死体の血は畳を怖いほどに染め、しかしそれだけではありません。死体の頭部前方の畳に、血文字が残されていたのです」

と、百成はさりげなく月澤を窺う。彼の様子や表情は変わらない。

「ただ一文字、『暗』とありました」

今度こそ、月澤は驚きの面持ちを浮かべるはず。百成はそう思い、しかし月澤は優しげな微笑を口元に灯す。

けれど次の瞬間、百成は凍りついた。

百分の一秒。

それとも千分の一秒か。

ほんの一瞬月澤の双眸に、血に飢えた獣を思わせる怖い光が宿ったのだ。

あの事件を思い出し、軽い戦慄が百成の背を走る。痛いような沈黙が降りてきた。

「続けてくれ」

静かな声で、月澤がしじまを破る。

「はい。先ほども話しましたが、その死体が寺河充でした。享年三十。昨日解剖が終わり、死体検案書が出てます。

深い刺し傷が首にあり、そこからの大量出血による失血死です。傷はもう一ヵ所、死体の右上腕部にありました。こちらは刺し傷ではなく、削り傷です」

「削り傷?」

「彫刻刀のような刃物で皮膚を削り、犯人は被害者の腕に文字を彫ったのです。その文字は『暗』」

そう、畳の血文字と同じ文字が、寺河充の皮膚に刻まれていた。

「腕の傷は寺河の死後、つけられたものです」

百成は言った。

どこかに傷を負えば、人体は直ちに修復作業を開始する。生体反応と呼ばれるこの修復痕は、死後に体を傷つけても起きない。生体反応の有無を確認すれば、その傷が生前か死後か解るのだ。

「ほかに目立つ傷はなし。大量出血により体内に血はあまり残っておらず、死斑はみられません」

たとえば立った状態で殺される。その体勢が続けば、血は足に向かって血管の中を滑り落ちる。だが、心臓というポンプは停止しており、落ちた血が汲《く》みあげられることはない。

すると血が滲むように、血の溜《た》まった部分の皮膚に紫色の斑点ができる。これが死斑だ。死体がどういう状態にあったのか、死斑から解ることもある。

「解剖結果からの抜粋は以上です。月澤さんがこの事件を引き受けてくださり、望まれるのであれば、死体検案書の複写はのちほどお届けします」

「話を聞き終えてから、決めるよ」

と、月澤はシャンパンを口に運ぶ。百成は口を開いた。

「死体発見現場の様子や検視官の報告、さらに解剖結果を重ねた結果、ざっとこういう様子が推測できます。

まず、犯人は寺河の両手と両足を縛った。それから寺河を和室中央でうつ伏せにし、うしろ髪を摑んでぐいと引く。こうすれば寺河の首は、がら空きです。

そこへ鋭利な刃物を、やや下から突き刺した。首から凄まじい勢いで血が噴き出す。寺河の体や畳は赤く染まり、首の真下には血だまりさえできた。

犯人は筆状のものを取り出し、その血だまりに穂先を入れる。そしてたっぷり血を含ませ、畳に血文字を書いた。それから寺河の右腕を刃物で傷つけ、畳と同じ文字を皮膚に刻む。

今のところ現場から、筆や凶器、刃物などは見つかっていません。寺河宅に書道具はなく、盗まれた刃物類はないそうです。それらは犯人が持参し、凶行後に持ち去ったと思われます。

寺河が縛られていたロープは、ホームセンターなどに出まわる大量生産品でした。購入者を特定するのは、難しいでしょう。

以上です。私は今、便宜上『犯人』と言いましたが、無論複数犯の可能性もあります」

「写真は？」

「とりあえず何枚か持参しました」

百成は鞄から封筒を出し、中の写真をテーブルに並べた。和室でうつ伏せの死体を、様々な角度から撮ったものだ。月澤とともに改めて、百成は写真を眺める。

部屋の真ん中に畳を二枚敷き、六枚の畳がそれを囲う。そういう八畳間のほぼ中央に、死体はあった。二枚の畳に跨《また》がる格好だ。

その二枚の縦方向に隣接する畳に、「暗」という血文字がある。文字の大きさは、文庫本ほどだろう。

筆跡を知られるのを恐れたのか、それとも殺人を為した緊張や興奮ゆえか、恐ろしいばかりの震え文字だ。

ひととおり写真を眺め、月澤が口を開く。

「血の飛散状況は？」

「中央の二枚と血文字のある一枚。血のほとんどは、この三枚の畳に付着しています。頭部側の左右の畳にもそれぞれ数ヵ所、血が飛び散っており、残り三枚の畳は無事でした。写真には写っていませんが、壁の床に近い部分からも二ヵ所、ごく少量の血が見つかりました」

「そうか」

「はい。死体に動かされた形跡は一切なく、血の飛び散り方にも不自然さはありません。寺河充はこの和室で、殺害されたと見られます」

「死亡推定時刻は?」

「三月八日、日曜日の午前十一時から午後一時です」

「そうか。写真はもういいよ」

うなずいて、百成は写真を仕舞う。

「被害者は警察官でした」

それから百成は、ぽつりと言った。シャンパングラスに伸ばしていた手を、月澤が止める。どこか気まずい沈黙がきた。静かな声で、月澤がしじまを破る。

「闇の中で密やかに、この事件を眺めてみるのも悪くはない」

7

事件へ着手した月澤からいくつか指示を受け、百成は彼の部屋を辞した。廊下に出る。円筒形の建物の、もっとも内側に環状の廊下があり、そこから円の外側へ向かって部屋が配される。そういう造りだ。

廊下に窓は一切なく、上品な間接照明が点々と灯る。緋色《ひいろ》の絨毯《じゅうたん》が敷かれ、百成の足音はしない。

緩やかな曲線を描く静かな廊下を、百成は行く。行くにつれ、次第に空気がひんやりとした。気のせいではない。それが証拠に百成の前方に、冷たい鉄格子が見え始める。鉄格子の前で百成は足を止めた。とても頑丈で、びくともしない印象だ。向こう側には刑務官がいて、その左右に重武装の警察官がふたり立つ。

鉄格子の一部は扉だ。百成の背後に月澤がいないことを充分確認したのち、刑務官が鍵で解錠する。

刑務官は扉を開け、百成を引き入れた。怖いものを封じ込めるかのように、すぐ扉を閉めて鍵をかける。百成の左右に立つ警察官から、緊張がひしひしと伝わった。彼らは月澤を恐れ、月澤に怯え、そして月澤を恨んでいるはずだ。

警察官たちをその場に残し、百成と刑務官は歩き始めた。ふたりの足音が小さく響く。鉄格子を境に、床は白いリノリウムになる。間接照明もなく、蛍光灯の白々しい光が天井から落ちる。

少し先に両開きの鉄扉があった。壁さながらに立ちはだかり、廊下の前面をすべて塞ぐ。

扉の脇に指紋認証装置があり、刑務官が手をかざした。重い音がして、振動とともに鉄扉が自動で開く。

扉の向こうには、やはり重武装した警察官がふたりいた。彼らに目礼し、百成と刑務官は廊下を先へ行く。

百成たちは階段で、ひとつ上の十一階にあがった。廊下を少し行き、一枚の扉の前に立つ。扉を叩き、刑務官だけが室内に入った。

扉の上部の「特別矯正監室」と記された金属板を見あげつつ、百成は待つ。この部屋は月澤の独房の真上にあたる。

ほどなく刑務官が出てきた。

「屋上で待つように、とのことです」

うなずいて、百成は歩き出す。刑務官とともに階段へ戻り、上へあがった。踊り場を過ぎて階段をあがりきれば、そこは小さな階段室だ。正面に鉄扉がある。

刑務官が扉を開けた。百成は扉を抜けて屋上に出る。紺碧の海が目に飛び込んできた。磯《いそ》の匂いの溶け込んだ南風が吹き抜けて、天から陽光が降り注ぐ。

陽光を跳ね返す海面に目を細め、百成はあたりを眺めた。北東にお台場があって、その向こうにレインボーブリッジが架かる。南に目を向ければ、彼方に羽田《はねだ》空港が霞《かす》む。

東京湾には、埋め立て地や人工島が多い。そのひとつ、お台場の南西に位置する人工島に百成はいる。建物はひとつしかなく、島もさほど大きくない。

にょっきりと海に立つ塔の屋上にいる心地がして、何度きても素晴らしい眺望に、しばし心を奪われる。

円筒形の建物だから、屋上はドーナツ形だ。中心は吹き抜けになっており、柵沿いに立てば怖いほどの高さから、中庭を見下ろすことになる。

百成はそちらとは逆、建物の外側に向かった。刑務官は階段室の扉の前から動かない。潮風に吹かれて歩き、百成は屋上の外端手前で足を止めた。背の高い鉄柵越しに、外を眺める。すると海の手前に無粋に立つ、白い塀が目に入った。

高さ五メートル半。府中刑務所と同じ高さの塀が、この建物のぐるりを囲っているのだ。塀の上には点々と見張り台があり、それぞれに警察官が立つ。目を凝らせば彼らが手にする小銃さえ見えた。

脳科学医療刑務所。それがこの建物の正式名称だ。

地上十一階、地下一階。地下一階は駐車場と出入口で、一階には図書室や医務室などの、公共的な施設が揃う。

二階から八階が収監区域で、二百五十名まで収監できる。九階は刑務官や警察官のための更衣室、食堂、仮眠室などだ。

十階には月澤の部屋とジムしかなく、十一階は特別矯正監室のほか、三つの会議室や研究室などがある。

「待たせたね」

背後で声がして、振り返れば五十代前半の男性がいた。恰幅《かっぷく》がよく、ワイシャツとネクタイの上に白衣を羽織り、そのポケットに両手を突っ込む。脳科学医療刑務所、特別矯正監の早坂群一《はやさかぐんいち》だ。

「気持ちいいだろう、ここ」

言いながら早坂が歩いてくる。鬢《びん》のあたりに白髪が多く、しかし老けた印象はない。眉、目、鼻、口。すべて大作りで、双眸に力がある。

早坂は脳科学者で、日本の脳科学研究の権威だという。精神科医でもあり、そちらの世界でも名が知られている。しかし学者然とした様子はなく、辣腕《らつわん》の実業家という雰囲気だ。

この早坂が、脳科学医療刑務所を仕切る。もうひとり特別矯正監がいて、その人が所長なのだが、百成は一度も会っていない。所長はほとんど姿を見せず、早坂に任せっきりらしい。

「いいものを見せよう」

と、早坂は百成の背を押すそぶりで、屋上の内側の柵へいざなう。そこへ行き、百成と早坂は柵の前に並び立った。遥《はる》か下の中庭を見下ろす。こちらの柵は胸までしかなく、百成の足はわずかに竦《すく》む。

「ほら、コブシが満開だ」

高所の恐怖などまったく感じていない。そんな様子で早坂は柵に両腕を預けた。

中庭の隅のコブシに目をやり、それから百成は全体を見渡す。先ほどと同じように、べンチや噴水前に人がいた。

「君も知ってのとおり、血まみれの犯罪者たちの脳がここに集う」

早坂が言った。これは彼の口癖だ。百成は小さく首肯し、早坂が言葉を継ぐ。

「あそこに女性、いるだろう」

早坂の指さすほうを百成は見た。上品そうな老婦人がぽつんとひとり、どこか不慣れな様子でベンチに腰掛けている。

「あの女性は、面識のない三人を殺した」

早坂の口癖にあるように、中庭にいるのは凶悪犯や異常犯罪者ばかりなのだ。収監者たちはこの刑務所内で、割と自由に振る舞える。

部外者ながら許されて、百成は先ほどのように、時折中庭へ行く。だがその際は収監者たちを刺激しないよう、ひっそり行動しろといわれていた。

「彼女は確定死刑囚として長く拘置所にいたが、数日前、ようやくここへきてくれた。裁判では複数の精神科医が彼女を快楽殺人者と断じたが、さてどうだろう。あの脳を調べるのが楽しみだよ」

舌なめずりする早坂の声だ。百成はちらと彼を窺う。快活らしく振る舞うが、早坂の裡には得体の知れない怖さが潜む。それが時折、こうして顔を出す。

「では聞かせてもらおう」

と、早坂が柵から離れ、百成に向き直った。寺河充殺害事件や、それを聞いた時の月澤の様子を百成は詳しく述べる。ここで月澤と会った時は、当日または後日に早坂へ報告する決まりだ。

「その警察官殺害事件は新聞で読んだ。ただ、血文字云々《うんぬん》は書かれていなかったが」

百成の話を聞き終えて、早坂が言った。警察は事件にまつわるすべてを、公表するわけではない。

「そうか。現場に血文字が残された警察官殺しを、月澤は引き受けたか。うん、面白くなってきた」

と、早坂は大きく笑う。

なかなか機嫌がよさそうだ。この機を逃さず訊いてみよう。そう思い、百成は口を開いた。

「脳科学医療刑務所ができるまでや、早坂さんと月澤さんの出会いなど、伺ってもよろしいですか」

「上司からは、どこまで聞いた？」

「ごく簡単に、説明を受けただけです」

「君が月澤の担当になったのは、確か昨年の……」

「六月です」

以来数十回、百成はここへかよう。そろそろ早坂も、語ってくれるのではないか。

首筋を掻きながら、早坂が沈思する。

「日光浴はもう終わりだ。私の執務室へ行こう」

やがて早坂が言った。

8

脳科学医療刑務所十一階、特別矯正監室の扉を早坂が開けた。

早坂にうながされ、刑務官を廊下に残して、百成は部屋に踏み込む。厚い絨毯の敷かれた広い洋間で、突き当たりは床から天井まで窓だ。カーテンは開け放たれて、一面に海が望めた。

その窓に背を向けてすわる格好で、両袖の立派な机が置いてある。艶《つや》やかな光沢を放つ机上には、ノートパソコンと電話、LEDの電気スタンド。

部屋の中央に応接セットがあり、左手の壁には書棚が並び、右の壁には扉が一枚。部屋に装飾品の類《たぐい》は一切なく、珈琲《コーヒー》メーカーや灰皿すら見当たらない。

「どうぞ」

と、早坂がソファを示した。三人掛けの真ん中に、百成は腰を下ろす。くつろぎよりも打ち合わせのしやすさを優先させた、やや固めのソファだ。テーブルを挟んだ向かいに早坂がすわる。

この部屋には何度もきているが、いさぎよいほど仕事以外の道具がない。ここで早坂は、特別矯正監としての仕事に専念するのだろう。

十一階には早坂専用の研究室もあって、百成は一度だけ中を覗いた。そこはおぞましい空間で、部屋に入った瞬間戦慄が走ったのを、百成はよく覚えている。

ヒトも含めた霊長類の脳。ホルマリン漬けにされたそれらの瓶が、ずらりと棚にあった。実験中らしき小動物の、息も絶え絶えな鳴き声が小さく聞こえ、実験機器が様々並ぶ。床や実験台には血の染みがいくつもあって、研究室というよりさながら解剖室なのだ。

脳科学医療刑務所を仕切る、極めて有能な実務家。

脳科学者にして精神科医。

早坂にはふたつの顔があり、それぞれの部屋がその相貌なのだと百成は思う。

「さて、百成さん」

早坂が口を開いた。初めて会った時から早坂は、さんづけで百成を呼ぶ。磊落《らいらく》ながら丁寧なところがあって、このあたりにも早坂はふたつの顔を持つ。

「日々、事件が起きる。その数はあまりに多い。そうだろう」

百成はうなずいた。昨年日本で発生した殺人事件は、およそ千件。窃盗事件など、年間で九十万件に迫る。

「事件が起き、警察が捜査して犯人を捕まえる。それだけではもうイタチごっこだ。根っこから犯罪を断ち切る術《すべ》が必要であり、それを模索する人は多い。私もそのひとりだ。たとえば犯罪者たちが怒気を発した時、脳内で特定の物質が多量に分泌されたとする。その分泌を抑える薬品が開発されれば、どうなる？」

「前科のある人や犯罪予備軍に投与すれば、犯罪件数は減るはずです」

「そのとおりだ。あるいは犯罪者たちの脳波を測定し、共通する数値を割り出す。それを解明し、犯罪者型の脳がある程度特定できれば、なんらかの手を打てる。

人権問題は絡《から》むだろうが、それは置く。ともかくも凄まじい犯行や凶悪な犯罪に走った者たちを集め、その脳を様々検査し、犯罪の根本的な撲滅に役立てる。

そういう研究を行いたいと、私は以前から考えていた。だが思うだけではなにも起きない。

私はこつこつと賛同者を集め、正面から省庁に掛け合い、同時に寝技も色々使った。そして五年前、脳科学医療刑務所の創設がようやく決まった。異形の脳を集めるという夢が、叶《かな》ったわけだ」

と、早坂が目を輝かせた。彼の脳へのこだわりと執念に、百成はいささかたじろぐ。

「世の人から見れば、唾棄《だき》すべき犯罪者を一手に集めるのだからな。しっかり隔離できる場所として、私はこの人工島に着目した」

「ここには貨物の発着場が造られる予定だったと、聞いています」

「そう。しかし計画が頓挫《とんざ》し、島は更地として残った。ここならば、万が一被験者が建物から脱走してもまわりは海だ。刑務所を置くのに絶好の場所だろう。

かくして場所は決まり、だがやることは山積みだ。建設会社と建物の設計協議、様々な測定装置の手配。

凶悪犯罪を減少させるため、無期懲役囚と死刑囚を集めて精神を分析する。また必要に応じて精神療法を施し、被害者への懺悔《ざんげ》をうながす。

役所が決めた、それが脳科学医療刑務所の表向きだ。まあ実際、刑務所で収監者の脳をいじりまわすと知れば、蒙昧《もうまい》な国民どもが騒ぐだろう。細心の注意を払って、ことを進めねばならん。

そんな東奔西走の日々、とても楽しい仕事があった」

「なんです?」

「ここへ集める犯罪者の選定だよ」

全国の拘置所と刑務所から集められた死刑囚や無期懲役囚。脳科学医療刑務所には今、それらが八十名前後、収監されている。

被験者が死刑囚の場合、ここにいる間は執行停止。被験者としての役割が終われば、収監者たちは厳重に口止めの上、口外した場合の懲罰まで仄めかされて、元いた刑務所や拘置所へ戻される。

そのあたりまでは百成も耳にしたが、選定方法は知らされていない。

「夜、葡萄酒《ぶどうしゅ》を飲みながら面白そうな脳はないかと、犯罪者たちの資料にゆっくり目をとおす。私にとって、至福のひとときだ。

そうやって私が選び、法務省や法務局の役人に告げる。口外無用を守れるか、その人物を刑務官らが調べあげる。

よしとなれば私が出向いて本人に会い、脳科学医療刑務所のことをある程度告げ、被験者にならないかと誘う。

日本中の刑務所をまわって、異形な脳を集めるこの作業が実に楽しくてな。どれほど忙しくても、これだけは私の仕事だ。誰にも渡さない」

脳の蒐集家じみた早坂の口調に、百成は小さな恐れすら抱いた。意に介するふうもなく、早坂が話を続ける。

「実はね、百成さん。脳科学医療刑務所の創設が決まった瞬間、私は決めていた。あの人物だけは是が非でも、脳科学医療刑務所へ呼ぼうとね」

「それが……」

「そう、月澤凌士だ。彼の脳には、大いに興味があった」

と、早坂は右手を虚空に伸ばし、月澤の脳をさするような仕草をする。

9

「当時月澤は、確定死刑囚として東京拘置所にいた。私は拘置所へ行き、月澤と面会したよ。脳科学医療刑務所の設立目的を彼に告げ、被験者として招きたいと申し出たんだ」

早坂が言った。

「月澤さんの反応は？」

話に引き込まれながら、百成は問う。

「上品にさらりと断ってきたよ。日を置き、私は再び彼を訪ねた。今度は世間話に終始しつつ、精神科医として月澤を観察しようと思ってね。だが」

早坂は自嘲めいた笑みを浮かべた。

「月澤さんに見抜かれたのですね」

叡智を湛《たた》えた月澤の瞳を、百成は脳裏に描いた。月澤にじっと視線を注がれると、すべて見透かされた気になる。

「恐らくね。ところが月澤は私の腹を見とおした上で、なにも言わず、世間話につき合ってくれた。お陰で私は医師の目で、彼を見ることができたよ」

「月澤さんのこと、どうご覧になりました？」

「六年前に月澤が起こした事件、あれはまさしく世間を震撼《しんかん》させた」

「はい」

「月澤は何人もの命を奪った。しかしその殺人行為は、月澤の心からもあるものを奪った。彼と話しながら、私はそう思ったよ」

「倫理観とか、そういうものですか」

これまで百成は、少なからず殺人者と向き合ってきた。人を殺し、倫理観を失った殺人犯は多い。人を殺す前は、そうなる自分を想像していなかったのだろう。内なる道徳の崩壊に、ひどく戸惑う犯人さえいる。

殺人は重罪だから犯さない。そうなのだろう。しかし倫理観ゆえに殺人をためらう気持ちが、人の中には必ずある。あらゆる罪の中で、殺人だけは一線の向こうに位置すると百成は思うのだ。

その線を越えてしまえば、未知なる地獄が待つ。

「いや、違う」

鉈《なた》で切るように、早坂が断じた。真剣なまなざしを百成に向け、口を開く。

「月澤ほど誇り高く、しっかりとした倫理を持つ人間はいない」

百成は首をひねった。矜持と倫理を持つ殺人鬼など、存在し得るだろうか。

「月澤とのつき合いが深まれば、百成さんにも解るだろう。殺人によって月澤がなくしたのは、熱のようなものだと私は見た」

「熱、ですか」

そう呟き、それから百成は小さく首肯した。早坂の言葉がなんとなく解るのだ。熱意がないと、早坂は言うのではない。欲望の源になる熱情や情熱。月澤にはそういうものがないという意味だろう。

「あの事件が終わった瞬間、ふっとロウソクの炎を吹き消すが如く、月澤の裡なる焔《ほむら》が消えたのではないか。私はそう思ったよ」

早坂がわずかに声を落とした。束の間の沈黙のあとで口を開く。

「二度目の面会は、まあそんなところだ。だがこの段階でも月澤は、ここへくることを承知しない。さらに日を置き、私は拘置所へ行った。

腹を割ったほうがいい。面会室で月澤に会った瞬間、ふとそう思ってね。

犯罪を減らすため、被験者として協力してほしい。初めて会った時、私は月澤にそう言った。あれは嘘ではないが、いささか表向き過ぎる。私は月澤の脳に興味がある。だから調べたいのだと、はっきり言った」

「月澤さんは？」

「破顔したよ。人を惹きつける、実にいい笑みだ。そして月澤は、三顧《さんこ》の礼に応えて脳科学医療刑務所へ行くと言ってくれた。私は嬉《うれ》しくてな。だが月澤は、ひとつ条件を出す」

「もしかして」

「脳科学医療刑務所内で、刑事事件の推理をしたい。そう月澤は言い出した。こと犯罪に関して、月澤は権威といってよい。暇つぶしだと彼は笑ったが、犯罪捜査に携わりたいのだろう」

言葉を切り、早坂は沈思する。

「それとも月澤には、別の思惑《おもわく》があるのかも知れない」

やがて早坂が呟いた。その頰に、少し不気味な笑みが浮く。

「思惑って、なんです?」

「さて、なんだろうね」

と、早坂がはぐらかすように首筋を掻いた。落ち着かない思いに百成は包まれる。

「とにかく月澤は条件を出した」

早坂が言葉を継ぐ。

「警察庁のお偉いさんに、私は掛け合ったよ。とりあえず未解決の殺人事件をひとつ、月澤にやらせることになった。

その頃月澤はここへ移送されていた。十階の特別室ではなく、八階の一型個室だ」

脳科学医療刑務所の被験者には、すべて個室が与えられる。一型から四型まであり、型によって部屋の広さや調度が変わる。

百成は以前、四種類の個室をすべて見学した。四、三、二、一の順に部屋は広くなり、室内での自由度も増す。

四型個室は三畳程度しかない。部屋の突き当たりに横開きの仕切り板があり、その先がトイレだ。テレビはあるが、視聴は一日一時間。室内に持ち込める雑誌や本は三冊まで。

一方で一型個室は八畳ほどの洋間で、さらに別室を持ち、そこに風呂とトイレがある。テレビは見放題で、望めばノートパソコンも個室内で使える。メールの送受信やサイトへの書き込みはできないが、インターネットでの検索や閲覧は自由だ。

被験者としてここへきた者は、まず四型個室に入る。それから三、二、一と順々に個室を移る。

それらはすべて早坂の発案だ。住環境の変化によって、脳がどのような様子を見せるか。その研究なのだという。

「私は月澤を賓客《ひんきゃく》として招いたからな。四型個室へ入れるはずもない。一型の彼の個室に、事件の資料を運び入れた。すると翌日月澤が、担当刑事に会いたいという。

刑事を呼び、月澤と面会させたよ。興味があったから、私も立ち会った。月澤は刑事にいくつか質問し、そのあとで某人物を犯人だと指摘する。瞬間刑事は呆気《あっけ》にとられ、それから失笑だ。

なぜなら某人物には、完璧なアリバイがあった。その刑事を始め捜査員は誰ひとりとして、某人物を疑うことさえなかったらしい」

「月澤さんがそのアリバイを」

「そう。月澤はその場で謎を解き、あっさりアリバイを崩した。某人物はのちに自供し、新たな目撃証言も出て逮捕されたよ」

10

ふっと視線を虚空へ投げ、それから百成へ目を向けて、早坂が話を続ける。

「似た経緯で月澤は立て続けに三件、未解決事件の謎を解き、犯人を言い当てた。刑務所という闇の中に、ダイヤの輝きを見つけた思いがしたのだろう。ぜひ、月澤に会いたいと、時を経ずに警察庁のお偉いさんが、警視庁の幹部を連れてここへきた。警察庁の刑事局長や警視庁の刑事部長を始め、合計九人。私は彼らを十一階の、中会議室に案内したよ」

百成も一度入ったことがある。楕円《だえん》の大テーブルのまわりに、ゆったりと二十人ほどがすわれる部屋だ。

「楕円テーブルの壁側にずらり九人、並んで着席してもらった。私は窓側の端の席を占め、面白いことになりそうだと、わくわくしながら月澤を待つ」

大きな笑みを浮かべ、早坂が言う。

「やがて月澤が入室した。手錠を嵌められ、左右には刑務官だ。そんな待遇に私はしたくなかったのだが、警察の幹部に会わせるんだ。仕方なかろう。

窓際の席の真ん中に月澤はすわり、背後に刑務官が立つ。向かい合う警察側の九人の態度が、実に面白くてな」

「どんな様子だったのです？」

「月澤が推理の分野で優れた逸材だと解り、やつらにとっては喉から手が出るほどだ。しかし警察関係者にとって、月澤は仇敵《きゅうてき》といってよい。しかも死刑囚だろう。

下手に出ればいいのか、偉そうに振る舞うべきか。その戸惑いが、連中の顔にはっきり出ていたよ」

百成は思わずくすりと笑う。

「そういう九人を前にして、月澤はどう振る舞ったと思う？」

その時の月澤の顔が、百成の脳裏に自然と浮かんだ。

「切れるような笑みを浮かべたのでは？」

「そのとおり。優雅で、しかし血に飢えたような笑みだ。それきり月澤は無言。九人の警察幹部も押し黙る。ひりひりするような静寂を、私はこっそり楽しんだよ。

やがて警察庁の刑事局長が咳払《せきばら》いを落とし、口火を切った。捜査一課の理事官が進行役になり、話し合いが開始される。

結果、変わった要素がありそうな事件や謎めくふうの事件が起きれば、発生直後の段階で、ともかくも月澤へ持ち込むことになった。だが月澤は」

早坂が水を向けてきた。

「脳科学医療刑務所から、一歩たりとも出られません」

「発生初期から月澤が事件に携わるのであれば、その耳目になる捜査員が必要だ。そういうことになり、会議室での会合は終わったよ。

どの捜査員を月澤づきにするか、早速庁内で揉《も》んだのだろう。さほど日を置かず、警視庁捜査一課から熟練の刑事がきて、月澤と面会した。しかし月澤は首を横に振る。

そのあと月澤は三人の刑事と会い、いずれも不合格にした。そこで百成さんの出番と相成ったわけだ」

芝居がかった口調で、早坂が言う。

「捜査一課の理事官にいきなり呼び出され、驚きましたよ」

百成は応えた。

昨年六月のことだ。百成を呼びつけて、脳科学医療刑務所へ行ってこいと、いきなり理事官が言う。

そのあと理事官が事情を語り、百成は耳を疑った。だが反問など許されない。黙って聞き終え、どうして自分が候補になったのか、それだけを百成は問うた。

月澤は四人の熟練刑事を不合格にした。だから今度は年若く、経験の浅い百成を選んだ。

理事官はそう応える。

確かに経験は浅いけれど――。

そう思いつつ、百成はひとりでここへきた。窓のない応接室へとおされる。ふたりの刑務官につき添われ、手錠姿の月澤が入ってきた。

刑務官たちは屈強で、百成は安堵の息をつく。ところがそれも束の間のこと、刑務官たちが部屋を出ていく。百成は月澤とふたりきり、応接室に残されたのだ。

手錠を嵌めているとはいえ、あの月澤凌士が目の前にいる。虎の檻《おり》に入れられた心地で身が竦み、顔がこわばるのを百成は感じた。

そこへ月澤が、ソファにすわって笑みを開く。人を惹きつける、たまらない笑顔だ。ふっと百成の緊張は和らいだ。

「視力は?」

柔らかい声で月澤が問う。

「ええと、右が一・二で、左が一・〇です」

「耳の聞こえに異常は？」

「ありません」

「そうか」

月澤が言い、驚いたことにそれだけで、面会は終わった。

自分を見た瞬間に駄目だと思い、月澤は面会を打ち切ったのだ。

百成はそう思い、落胆と安堵を抱えて脳科学医療刑務所を出る。ところが翌日理事官に呼ばれた。お前に決まったと理事官は言い、百成は目を丸くする。

あの時のことを、月澤は語らない。百成は今もって、選ばれた理由が解らないのだ。

「どうして月澤は、百成さんに白羽の矢を立てたのだろうね」

思わせぶりに早坂が言った。

「月澤さんが私を選んだ理由、ご存じなのですか？」

「さて、ねえ」

と、じらすように早坂が腕を組む。たっぷり間を取ってから、早坂は口を開いた。

「これだけは言っておこうか、百成さん。特別に選ばれたという意味で使われる白羽の矢だが、本来はね、犠牲者に選ばれたことをさす言葉なのだよ」

「犠牲者⁉」

思わず百成は声をあげた。あとの言葉が見つからず、そのままぽかんと口を開ける。

「百成さんが月澤づきになって、九ヵ月か。早いものだね」

早坂が話題をそらす。いいように遊ばれていると思いつつ、百成はうなずいた。

「その間色々とあり、もはや月澤はここの『王』だよ」

人ごとのように早坂が言う。だが月澤を「王」にしたのは、彼なのだ。

百成を手足に使い、月澤が最初に事件を解決したのは昨年六月。その功績を称《たた》え、早坂は十階に一流ホテルばりの部屋を造らせた。

脳科学医療刑務所で新しい研究が始まれば、研究室や機材室が必要になる。十階はそのための、なにもない予備空間だったという。

やがて部屋ができあがり、月澤はそちらへ移った。その時には、すでに二件の事件を解決している。

それへの褒美《ほうび》なのだろう。早坂は月澤に飲食の自由を与えた。さらに月澤の希望を聞き入れ、十階にもうひとつ部屋を造る。運動器具の揃った月澤専用のジムだ。

この待遇は、刑務所や受刑者について定めた刑事収容施設法に違反する。しかし脳科学医療刑務所そのものが、刑事収容施設法を超越しているのだ。

食えない早坂のことだから、逆にそれを武器にして、法務省や警察庁を揺さぶったのかも知れない。

月澤、早坂、それに百成を含む警察関係者が口外しなければ、月澤の暮らしぶりを世間が知ることはない。

月澤は確定死刑囚だから、世間から隔離されたまま、いずれ処刑される。脳科学医療刑務所での特別待遇について、文字どおり墓場まで持っていく。

そう思い、役人たちは早坂の独断専行を黙認したのではないか。

いずれにしても月澤は、脳科学医療刑務所という限定空間において、何不自由なく暮らす。

しかし百成は思うのだ。

月澤という野獣を、このまま飼い慣らすことができるのか。

月澤には熱がないと早坂は言い、百成も首肯した。しかし月澤の裡の深いところには、熾火《おきび》があるのではないか。

もうひとつ、百成には恐れが仄めく。

ここへくる被験者には、無期懲役囚もいる。彼らはやがて元いた刑務所へ戻り、そこで受刑者として日々を送る。

だがその中で、いずれ仮釈放される者が出てくるのではないか。そうなった場合、その人物は脳科学医療刑務所について、口をつぐみ続けるだろうか。

そのあたりの危惧を、百成は早坂に訊いた。

「脳科学医療刑務所のことを、心配してくれるのか。それは嬉しいがね、百成さん。ここから刑務所へ戻った無期懲役囚の口から、脳科学医療刑務所の実情が漏れる恐れは、まずないだろう」

「どうしてです？」

「それを私に言わせるのかね」

と、早坂が怖い笑みを浮かべた。はっとして百成は気づく。

脳科学医療刑務所から刑務所へ戻された無期懲役囚たちに、仮釈放を与えないつもりなのだ。そして死ぬまで刑務所の、恐らくは独房に閉じ込める。

そうなれば無期懲役囚にとって、面会あるいは手紙類の発信だけが、外部との連絡手段だ。発信する手紙類をすべて検査し、面会時には刑務官が目を光らせればいい。

「しかし秘密は、いつか漏れるのではないでしょうか？」

なおも百成は問う。

無期懲役囚を独房に入れたとしても、ほかの収監者となんらかの接点はあろう。無期懲役囚の口からここの内情が漏れ、それが人から人へ伝わっていくのではないか。

「だろうね。しかしそうなればあの方が、手を打ってくれるはずだ」

余裕の滲む早坂の口調だ。

「あの方……」

そう呟いて百成は、炯々《けいけい》とした双眸を持つ初老の男性を、思い浮かべた。

その男性の名は景嶋亘《かげしまわたる》。

四十年あまり前、景嶋は官僚として警察庁に入庁した。警視庁警務部で辣腕を振るい、やがて副総監に任じられる。これは警視総監に次ぐ、警視庁第二の席次だ。

以来、景嶋は鬼の副監と異名を取り、犯罪者はもとより警察官に対しても、たいへん厳しかったという。

百成が警察官になった時、景嶋はすでに退官しており、某法人に天下っていた。しかし脳科学医療刑務所が落成すると、その法人を辞めて、脳科学医療刑務所の顧問になった。某法人のほうが、よほど条件がよかったらしい。ところが景嶋はそれを捨てた。その理由は解らない。

今から半年あまり前、百成は顧問である景嶋に挨拶した。だが初対面ではなかった。警察官になった早々、百成は景嶋と会ったことがあるのだ。

「景嶋顧問であれば、様々な手を打ってくれるだろう。いわばここの守護神だ」

早坂が言った。景嶋は退官してなお、警察庁や警視庁に隠然たる力を持ち、法務省にも顔が利くという。

しかしそれでも百成には、この脳科学医療刑務所が砂上の楼閣《ろうかく》に思えてならない。やがてここが崩壊し、その時に何かとんでもないことが起きる。そういう予感が仄めくのだ。

王である月澤凌士。

守護神、景嶋亘。

脳科学の権威にして、脳蒐集家の早坂群一。

脳科学医療刑務所が崩れ落ちる時、この三人はどう動くのか。

そして自分はどうなるのか――。

そんなことを百成は思い、そこへ早坂が口を開いた。

「そういうことだから百成さん、これからもよろしく頼むよ」

「はい」

「私はまだまだここに、脳を集めなくてはならないからね」

と、早坂は薄く笑った。

第三章　赤のアリバイ

1

暮れ始めた街をひとり、百成完は歩く。日中は暖かだったが、いつしか風はひんやりとした。右手に緑地があり、その先を百成は左へ折れる。

彼方にぽつんと家が望めた。一昨日殺害された寺河充の自宅だ。脳科学医療刑務所を出た百成は、多摩中央警察署に戻って上長に報告し、それからここへきた。

捜査本部が発足すれば、刑事たちは幹部の指示により、役割分担して捜査に当たる。被害者の人間関係を洗う者たち、証拠品を追う者たち、遺族や友人に話を聞く者たちなど、班分けされて動くことが多い。

普段ならば百成も、班に組み込まれる。しかし月澤づきになった場合、かなり自由に動ける。捜査本部の方針よりも月澤の指示を優先させろと、密かに命じられているのだ。月澤のことを知らない捜査員にすれば、百成の振る舞いは勝手に見えるだろう。いぶかしむ刑事も出てくる。

だが、そのあたりは幹部たちが、うまくやってくれる。百成は話を合わせるだけだ。百成は足を速めた。月澤の耳目として、まずは遺族を始め、事件関係者にひととおり会わねばならない。

林に囲まれて寂しげに建つ寺河家。しかしその前には、人だかりがあった。記者や野次馬の間を縫って、百成は玄関先まで行く。

立ち入り禁止のテープをくぐり、百成は敷地に入った。事件発生時ほどではないが、鑑識員が多くきている。刑事の姿はない。

殺害された寺河充は、七年前に母親を病気で亡くした。以来、父親の寺河優《まさる》と妹の寺河望美《のぞみ》、その三人で暮らしていたという。

廊下にあがった百成は、顔見知りの鑑識員に声をかけた。優と望美は在宅しており、居間にいるという。

事件関係者に会う時、刑事はあまり事前連絡をしない。これから行くと刑事が言えば相手は構えるし、口実を設けて会うのを避ける者もいる。

百成は廊下を進み、突き当たりで足を止めた。目の前の扉を叩く。ややあって扉が開き、女性が顔を覗かせた。二十代半ばだろう。女性にしては背が高く、すらりとした美人という印象だ。大きな瞳に短めの髪がよく似合う。

女性に生気はなかった。瞳は潤み、次にまばたきをした瞬間、涙の滴が落ちそうだ。

「寺河望美さんですね」

静かに百成は問うた。その女性、望美がうなずく。百成は警察手帳を出し、身分証を示しながら名を告げた。

「ご傷心のところ恐縮ですが、少し話を伺いたいのです」

「解りました。どうぞ」

小さな声で応え、望美は扉を開けた。

「済みません」

詫《わ》びながら、百成は室内に入る。広めの洋間で、右の壁際に液晶テレビがあり、その前にソファがコの字に据えてあった。左手には食卓が置かれ、四脚の椅子が囲む。食卓の向こうは対面式の台所だ。

食卓の椅子に、男性が腰かけていた。痩せており、理知的な風貌に銀縁の眼鏡が似合う。

五十代後半というふうだが、男性は百成を見あげ、老人のような緩慢さで腰をあげた。そちらへ行き、百成は挨拶をする。その男性が寺河充の父親、寺河優だった。

優をすわらせ、彼に断って百成は向かいの席に着く。息子の死が突然過ぎて、自失のただ中にいる。そんな様子で優はうなだれ、なにも言わない。

痛々しいばかりの沈黙がきた。

望美が台所に立ち、茶の支度を始める。盆を手に望美が戻り、食卓に茶を置いたのち、優の横にすわった。礼を述べて茶を喫し、百成は口火を切る。

まず百成は、寺河充の人となりを訊いた。充を亡くしたばかりのふたりに訊《たず》ねるのは忍びないが、これが仕事なのだ。起きてしまった悲劇を遺族とともに振り返り、涙を見せても事件は解決しない。

「正義感の強い、立派な息子でした」

言葉を噛《か》みしめるように、優が応えた。

「兄として、人として、尊敬していました」

切なげな望美の声だ。それからふたりはぽつりぽつりと、充を称えた。

「充さんは私的に問題を抱えていた。あるいは誰かと争った。なにかに悩んでいた。そういうこと、ありましたか?」

「特には……」

優が応えた。百成はさらに問いを重ねたが、優と望美に、充を恨む者や憎む者の心当たりはなさそうだ。

街で人とすれ違いざま、あるいは車を運転中にあかの他人と口論になり、かっとして殺す。その手の事件はままあるが、この事件は違う。

充の死体はこの自宅で見つかった。屋内に物色のあとはなく、死体の傍らには血文字だ。強盗殺人や、場当たり的な犯行ではない。

一昨日。ここで充の死体を見た百成は、犯人の殺意の名残《なごり》をはっきり感じた。誰かが充をつけ狙い、計画的に殺害したのだ。

湯飲みに手を伸ばしつつ、百成はそう思った。

2

茶を喫して湯飲みを置き、百成は充の女性関係を訊いた。わずかに逡巡したのち、望美が口を開く。

「大学の時、兄にはつき合っている人がいました」

「そうだったのか」

息子の恋愛には疎い。そんな父親の表情で優が応えた。寂しげに首肯し、望美が言う。

「同じ大学の一学年下の女性です。同好会で知り合ったと、兄は言っていました。何度かこの家に遊びにきて、私とも面識があったのです」

「名前を覚えていますか？」

百成は問うた。

「ええ。迫田《さこた》よし子《こ》さんです」

そう応え、望美が話を継ぐ。

「兄の大学卒業後も、交際は続きました。けれど警察学校は全寮制で、そのあと兄は立川《たちかわ》警察署の勤務になり、とても忙しい様子でした」

百成はうなずいた。男性の新人警察官は、交番勤務につくことが多い。そうなれば、土日はおろか昼夜の別もない。

「気がつけば兄の口から、迫田さんの名が出なくなりました。兄が仕事に追われて次第に会う機会が減り、ふたりは別れたようです。自然消滅なのか、どちらかが別れを口にしたのか、そこまでは解りませんけれど。

そのあと兄は、少年犯罪を取り締まる部署へ異動になり、それからはもう仕事一筋という感じでした。以降女性とつき合った様子は、なかったです」

と、望美が話を結ぶ。

「別れたあとに、迫田さんから連絡がきた。それとも充さんが追いかけた。そんなことは?」

「ないと思います。兄はけじめをつける性格ですし、迫田さんはさっぱりと陽気な方でした」

「そうですか」

しばし間を取り、百成は話題を転じた。

「寺河充さんが殺害されたのは、一昨日の三月八日、午前十一時から午後一時です。その時間、優さんはなにをされていました？」

「別の刑事さんに話しましたよ」

苦い面持ちで優が言う。

「同じことをお訊ねして済みません。これが仕事でして」

「充を亡くし、気持ちのやり場さえ見つからない。そんな私を疑うのも仕事なのですか」

静かながら、怒気の溶け込んだ優の口調だ。肩を落とし、しかし無言で百成は待つ。

「少し言い過ぎました」

と、優がしじまを破り、話し始めた。

寺河優は都内の大手建設会社に勤務しており、国内への出張が多い。

三月六日の金曜日、優は羽田から空路九州へ向かい、午後一時すぎに福岡へ入った。福岡支社で打ち合わせし、福岡市内のホテル泊。翌土曜日には支社の人間とともに久留米《くるめ》市へ行き、三件の建物を視察したという。

「それから福岡で支社の人たちと懇親会があり、その夜は福岡市内の同じホテルに泊まりました。

翌日の三月八日。この日は日曜日ですが、半日予備日という格好で、午前中は空けておきました。幸いやり残しの仕事はありません。ひとりでのんびり、福岡市内を散策しましたよ。

　それで午後一時前に福岡空港へ行き、午後一時三十分発羽田行きに搭乗《とうじょう》。三時十分頃に羽田に到着し、電車を乗り継ぎ午後五時過ぎに帰宅しました。そして……」

　と、優は声を落とした。充の死体を発見し、一一〇番通報したのは優なのだ。

「月にどのぐらい、ご出張なさるのです？」

「五、六回というところです。泊まりもあれば日帰りもある」

「土日の出張も多いのですか？」

「いえ、ほとんど平日です。けれど月に一回程度、どうしても避けられない出張で週末がつぶれます」

「そうですか」

　と、百成は望美に目を向け、日曜日のことを訊いた。

「立川警察署に行っていました」

「立川警察署？」

「はい。採用説明会に参加したのです」

「そうでしたか」

　警察各署はそれぞれに、採用説明会や業務説明会を開催する。参加希望者は事前に警察署へ電話し、住所、氏名、連絡先、出身学校名、在学中であれば学年などを告げて、予約すればよい。

「あなたも警察官に？」

「はい」

と、望美が静かに語り出す。

望美が高校二年生の時、母親が入院した。入院は長引き、それに連れて望美は家事をするようになる。

およそ一年後、母は逝った。優と充は仕事に追われ、家のことなどとてもできない。高校を卒業した望美は就職を断念し、専業主婦よろしく家事に専念。その生活がこれまで続いたという。

「父も兄も、料理といえば即席ラーメンが精一杯でしたから」

小さく笑みを含ませて、望美が言った。愛《いと》しげに望美を見て、優が口を開く。

「こう見えて、望美は活発でしてね。小さい頃は女の子ながら、ボーイスカウトに入っていました。

妻の死後、けなげに家事をこなす望美に、私はとても感謝した。しかしいつしか、甘えていたのです。

私や充はもう大丈夫。いざとなれば家政婦さんにきてもらえばいい。だから自分のやりたいことをやれ。昨年の秋頃でしたか、私は望美にそう言いました。

充に負けないほど、望美は正義感が強い。しかも充の背中を見ています。望美は警察官を目指すのではないか。そういう予感はありました」

「でも兄が亡くなり、今は気持ちが揺らいでいます」

涙をこらえる望美の声だ。少し間を置き、百成は日曜日のことを詳しく訊いた。

朝六時。望美はこの食卓で、朝食を取り始めた。寺河は非番で自宅にいたが、寝ているらしく部屋から出てこない。

充の朝食を作り置き、午前七時頃に望美は家を出た。時間的にはまだ早いが、時計を気にしながら家にいても落ち着かない。

寺河家には大型のワゴン車があり、充と望美がよく運転する。充が使うと言っていたので、望美は電車で立川市へ向かう。

八時二十分頃、望美は多摩都市モノレールの立川北《たちかわきた》駅に着いた。喫茶店で少しくつろぎ、街を散策して時間を潰し、午前九時半に立川警察署へ入る。受付で手続きをし、午前十時から採用説明会が始まった。

説明会は正午まで続き、昼食休憩に入る。立川駅前のファストフード店で昼食を済ませ、望美は立川警察署に戻った。午後一時。説明会は再開され、予定どおり午後三時きっかりに終わった。

そのあと望美は立川駅近くで店を見て歩き、少しだけ買い物をする。夕映えが立川の街を染め、そろそろ帰ろうと思った矢先、優から連絡がきた。

「父の言葉なのに、信じられなくて……」

言って望美はまばたきをした。涙の滴がついに落ちる。横で優が泣くまいと、歯を食いしばった。

「とにかく家路を急ぎ、六時頃帰宅しました」

涙に濡《ぬ》れた望美の声だ。

ふたりへのたまらない思いが、百成の胸に込みあげる。しかし百成は、その思いを封じ込めた。感傷は捜査の目を曇らせる。遺族に同情して優しい言葉をかけるのではなく、遺族から話を聞き出すのだ。

誰よりも先に事件を解決したい。常に百成はそれを目論《もくろ》む。先輩刑事や事件関係者に見透かされ、出世のために手柄を立てたいのだろうと、時に言われる。

だが百成は、出世など眼中にない。

遺族を始め友人や恋人など、被害者の死を悼む人たちは多い。一刻も早い犯人逮捕こそ、事件を悲しむ人たちすべてに対する、刑事の責任ではないか。百成は心からそう思う。

気の弱そうな自分の外観を変えないのも、遺族への同情を抑えるのも、すべて事件解決のためだ。

これらの方法は、あるいは間違っているのかも知れない。しかし百成は事件解決へ向け、ともかくも今、自分にできるであろう事柄をすべて試す。

ぶれない生き方は格好いいだろう。だが自分はまだ二十代。刑事として、人間として、ぶれるのがむしろ自然だと百成は思う。

3

百成は多摩都市モノレールの、立川北駅を出た。日はすでに落ち、しかし無数のネオンが夜空を焦がす。

立川の街は、どこか近未来めく印象がある。多摩都市モノレールができて、空中を電車が走っているためだろう。SFの未来図でおなじみ、空にかかるパイプ状の道路と重なる風景なのだ。

喧噪《けんそう》の中を百成は行く。やがて前方に赤茶色の、頑丈そうな建物が見えてきた。立川警察署だ。

百成は足を速めた。警察署へ近づくにつれてネオンが減り、代わりに木々が増えていく。広大な昭和記念公園沿いに、立川警察署は建つ。

以前百成は、昭和記念公園で聞き込みをした。池やプール、フットサルコート。バーベキューガーデンに原っぱ、いくつもの飲食店。昭和記念公園は途方もなく広い。公園内の立川警察署寄りに、広大な駐車場があった。そこに停まる大型トラックの運転手から、ようやく事件の情報を得た時、百成の足は棒になっていた。

聞き込みは徒労に終わることが多く、事件の話を聞けた時の喜びは格別だ。

そんなことを思いつつ歩き、百成は立川警察署に入った。総務課へ行き、先日の採用説明会のことを訊く。

進行役を務めた総務課員は、まだ帰らずに残っていた。中島《なかじま》という三十代の男性だ。案内されて、百成は中島の机の前に立つ。

中島はいぶかしげな面持ちで、百成を迎えた。日中に別の刑事がきて、同じことを訊いたという。

月澤づきとして独自に動く百成は、この手の場面によく出くわす。

「念のためもう一度訊いてこいと、上司に言われまして。お忙しいのに済みません」

百成はそう言った。寺河家で借りた望美の写真を中島に見せる。

間違いなくこの女性は、採用説明会に参加した。途中退席はしていない。

中島は断言した。

立川警察署から充殺害現場の寺河宅まで、電車で片道一時間強だ。道路状況にもよるが、車でも一時間程度かかる。昼食休憩時に自宅まで行き充を殺害、それから立川警察署まで戻るのは不可能だ。

望美のアリバイは成立した。中島に礼を述べ、百成は総務課を辞す。

望美や優が疑わしいわけではない。悲しみに暮れるふたりの様子は、痛々しいほどだった。だが、被害者にごく近い者たちのアリバイは、確認する必要がある。

特に優は第一発見者だから、素早く、しかも入念にアリバイの裏を取らねばならない。捜査員の誰かがすでに、九州へ行ったはずだ。

九州まで往復すれば、半日かかる。月澤の指示があれば、百成も九州へ飛ばなくてはならないが、今のところはない。

百成は多摩中央警察署へ向かうことにした。ここからだと、多摩都市モノレール一本で行ける。

立川北駅から、百成はモノレールに乗った。ぼんやりと車窓に視線を向け、少しの間身を休める。

4

寺河充殺害事件の捜査本部は、多摩中央警察署五階の大会議室に設置された。百成が大会議室へ入ると、席はほとんど埋まっている。

人いきれを感じつつ、百成はうしろの席にそっと着く。事件発生時に寺河宅で会った、多摩中央警察署の刑事、安芸泰治の隣だ。

「時間ぎりぎりですね」

安芸が言う。

「はい。なんとか間に合いました」

「今日はどちらへ？」

「用があって現場へ行き、そこで遺族に会いました。それからほかに色々です」

と、百成はお茶を濁す。雑用兼警視庁との連絡係。この捜査本部において、それが百成の表向きの役割だ。

いぶかしむ様子もなく安芸がうなずき、そこへ会議室前方の扉が開いた。幹部たちが姿を見せる。

室内にいたすべての人間が起立し、一斉に頭をさげた。幹部たちが着席するのを待って、百成たちは席に復す。

この捜査本部の責任者は、警視庁の刑事部長だ。しかし姿はない。刑事部長は多忙に過ぎて、ひとつの捜査本部に張りつくなど、とてもできないのだろう。

この場を仕切るのは警視庁の滝沢政孝《たきざわまさたか》捜査一課長と、多摩中央警察署の肝付《きもつき》署長だ。警視庁の理事官と二名の管理官、多摩中央警察署の副署長と刑事課長がそれを補佐する。

身内を殺されたという思いがあるのだろう。幹部席の七人から、はっきりと気迫が漂う。会議室の空気が締まり、緊張を帯びた静寂に包まれた。

「始めてくれ」

と、滝沢課長がしじまを破る。冷徹そうな面構えの、叩きあげの五十代だ。首肯して、管理官のひとりが口を開く。

「まずは被害者の父親、寺河優について報告願います」

刑事が席を立った。

「寺河充が都下稲城市内の自宅で殺害されたのは、三月八日の午前十一時から午後一時。優は三月六日から二泊三日で、福岡県に出張したと言っております。

今朝一番の便で現地へ飛び、優が勤務する建設会社の福岡支社で話を聞きました。三月六日の午後、間違いなく優本人がきたと、複数の社員が述べております。三月七日の夜まで、優は福岡支社の社員と行動を共にしていました。しかし三月八日の午前中、優はひとりで福岡市内を散策したと主張、このアリバイの証明者はいません。

優から詳しく聞き、その散策経路をなぞりました。優の話と現地の様子はぴたり一致。そのあと彼が乗ったという、午後一時三十分福岡空港発羽田行きの搭乗者名簿にも、寺河優の名がありました。

まず、アリバイは成立とみていいでしょう」

「社員に口裏を合わせている様子は?」

滝沢課長が問う。

「断言はできませんが、ないかと」

うなずいて、滝沢課長が管理官に目を向けた。管理官が指名し、別の刑事が口を開く。

「立川警察署へ出向いたところ、寺河望美の採用説明会参加の裏が、すんなり取れました」

「そうか」

と、滝沢が首肯する。

「次」

管理官が言い、別の刑事が腰をあげた。

「寺河宅は住宅街の外れですが、それでもご近所はあります。その人たちに、話を聞きました。

見る限り寺河家の三人は仲がよく、家庭内の諍《いさか》いや争いはないようだった。寺河望美は活発で、会えば明るく挨拶する。優は礼儀正しく、充はいかにも真面目そうだった。当番制のゴミ収集所の清掃も望美がしっかりこなし、近隣宅との揉め事はこれまで一切なし。近所の女性たちはそう話し、寺河家の評判は総じてよかったです」

滝沢がうなずき、刑事が着席した。

「ところで安芸さん。早々に現着したのですよね。現場をどう見ました？」

丁寧な口調で滝沢が問う。安芸と滝沢はかつて、警視庁捜査一課の同じ係に籍を置いたという。滝沢にとって安芸は、直接の先輩なのだ。

「明らかに計画的な犯行ですね。犯人にとって予想外の出来事は起きず、目論みどおり凶行を終えた。現場はそういう印象でした。老骨のくたびれた目からは、それぐらいです」

少しだけ自嘲を滲ませ、安芸が結んだ。

「なるほど、解りました。さて、話を戻す。寺河家に揉め事はなく、遺族のアリバイは成立した。寺河宅は近隣とのいざこざも抱えていない。そうなると」

と、滝沢は管理官に目配せした。うなずいて、管理官がひとりの刑事を指名する。彼が起立し、口を開いた。

「まずはお手元の資料、寺河充の職歴をご覧ください」

百成は資料に目を落とす。

平成十九年。警察学校を卒業した充は、立川警察署の地域課に配属された。交番勤務などを経て平成二十二年四月、立川警察署の生活安全課へ転属。だが同年十一月、日野警察署の交通課へ異動になる。

百成は眉をひそめた。警察官に異動はつきものだが、七ヵ月は早過ぎる。

「立川警察署の生活安全課で、寺河充は少年係に配属されました」

刑事が言った。少年係は未成年者が起こした事件の捜査や、薬物乱用防止の啓蒙《けいもう》活動などをする。

「立川駅周辺は大変な賑《にぎ》わいで、繁華街など、もはや不夜城です。外灯に集まる蛾《が》さながら、そういう場所には悪ガキがくる。未成年による犯罪も多く、立川警察署の少年係はすこぶる忙しい。

少年犯罪の担当になった寺河は、とても熱心に職務をこなした。彼は正義感が非常に強く、罪を犯した少年らに厳しく当たる。だが、少しやり過ぎた。寺河は加害者少年らを締めあげ、自白を強要」

苦い面持ちで声を落とし、刑事が話を継ぐ。

「寺河の加害者への対応に、問題があるのではないか。やがて検察が言ってきた。寺河の捜査方法を疑問視する声が、署内からもあがる。上長が寺河を呼びつけて注意し、しかし彼は反駁した。

集団で女性を乱暴し、金目当てに見知らぬ人をリンチする。ホームレスのねぐらに火をつけ、些細《ささい》な理由で人を刺す。

そういう少年らが存在するのに、彼らは少年法に守られている。せめて警察が、きつく当たるべきではないか」

刑事が一旦口を閉じた。会議室に重い空気が垂れ込める。

未成年者が人を殺す。被害者の名と写真はすぐ公表され、人となりやこれまでの生き様さえ報じられる。ところが少年法により、加害者の名は出ない。そして犯行時に十八歳未満であれば、極刑にはならない。

十八歳になる前に、人を殺しておきたかった——。

逮捕され、そううそぶく少年もいるという。

「それからほどなく、寺河は日野警察署交通課へ異動になりました」

と、刑事が結ぶ。滝沢が口を開いた。

「少年係の寺河を、逆恨みした少年がいてもおかしくない。そういうことだな」

刑事がうなずいた。滝沢の目配せを受け、管理官が口を開く。

「立川を根城にする非行少年から、当時のことを探ってください」

班ごとに区割りし、担当者が連絡事項を述べたあと、捜査会議は終わった。

不良少年たちが街を闊歩《かっぽ》し始めるのは、これからだ。疲れた面持ちながら、捜査員たちが次々会議室をあとにする。

百成も席を立った。

「ひとりだと、危険ですよ」

安芸が声をかけてくる。

「しかし安芸さん、予備班では？」

捜査本部に詰め、捜査を円滑に進めるために、細々調整するのが予備班だ。

「割と自由に、動けるのですよ」

ちらと幹部席を見て、安芸が応えた。安芸は先輩だから、滝沢課長もある程度、大目に見るのだろう。

百成の背を軽く叩き、安芸が出口へ向かった。

5

改札を抜けた百成は、赤羽《あかばね》駅の東口に出た。駅前は広々と栄え、陽光がたっぷり注ぐアスファルトを、春先の装いに身を包む人たちが軽快に歩く。繁華な明るい街という印象だ。

しかしこの赤羽も、夜は別の顔を見せるのかも知れない。昨夜、捜査会議のあとで歩いた立川市街のように──。

そう思い、ふと百成は足を止める。

昨夜あれから、百成と安芸は立川の繁華街へ行った。

駅の近くや大通りはまだよかったが、裏道へ入れば客引きが横行し、きわどい身なりの女性が立つ。千鳥足の酔客はまさしく鴨《かも》の、かなり剣呑《けんのん》な雰囲気だ。

そういう街で、百成と安芸は柄の悪そうな若者を見つけては、話を訊いた。警察官だから手を出してこない。そんな保証はなく、むしろ敵意を見せる者もいる。

夜更けまで街をさまよい、情報を得られず捜査本部へ戻った時、緊張ゆえの強い肩凝りに百成は気づいた。

多摩中央警察署の道場には、捜査本部に詰める捜査員たちのため、布団がいくつも敷いてある。安芸と別れてシャワーを浴び、百成は空いた寝床にもぐり込んだ。

浅い眠りの中で朝を迎え、今日、百成はひとりで寺河家へ行った。優と望美に会って情報を仕入れ、寺河家を辞したその足で、ここへ向かったのだ。

赤羽は東京都北区《きたく》にある。その名のとおり北区は都内北端に位置し、荒川《あらかわ》を挟んで北を、埼玉県の川口市《かわぐち》と接する。

百成は歩き出した。駅前広場を抜け、少し先を右に折れる。目指す建物が、前方に見えてきた。四階建ての、さほど大きくない雑居ビルだ。

アラブ料理の店が近くにあるらしい。中東や砂漠といえばすぐ思い出す、白くゆったりとした民族衣装。カンドゥーラと呼ばれるそれをまとった男性が、雑居ビルの少し手前、とても賑わうスーパーのあたりでビラを配っていた。

さして熱心ではなさそうな仕事ぶりだ。カフィーヤという白い布を頭からかぶり、マスクをしており、顔はほとんど見えない。

花粉が飛散する時期だから、道行く人もマスク姿が多い。

なんとなくビラを受け取り、それをポケットに収めつつ、百成は雑居ビルの前に立った。入り口扉は磨りガラスの片開きで、中の様子はあまり窺えない。百成は扉を開けた。通路がまっすぐに延び、今、百成が開けたのと同じ扉が突き当たりに見える。左手の取っつきには階段とエレベーターがあり、その先に間隔を開けて白い扉が二枚。通路の右手は壁だ。

百成はビルに入った。蛍光灯の光が白々と落ちる通路は、がらんとしている。一階と二階には、ゲームの制作会社が入っているらしいが、二枚の扉の向こうに人の気配はない。百成は階段で二階へあがった。一階同様静まっている。

さらに階段を使い、百成は三階へ出た。通路を行き、一枚目の扉の前で足を止める。脇に木の看板がかかり、「倉永《くらなが》剣道場」と墨痕《ぼっこん》鮮やかにあった。

扉に覗き窓はない。百成は扉を叩いた。ややあって開き、五十代後半の男性が顔を見せる。紺の剣道着に紺の袴《はかま》姿だ。驚くほど痩せており、目がぎょろりとした面持ちは、どこか鷹《たか》を連想させた。

「倉永達哉《たつや》さんですね」

「そうですが、あなたは?」

その男性、倉永が問う。警察手帳を出して百成は名乗った。

「もしかして、寺河充君のことですか？」

「はい。あなたが充さんの恩師だと、寺河優さんにお聞きしました」

「そうですか……」

「よろしければ、少しお話を」

わずかに逡巡し、倉永が扉を開けた。百成を招じ入れる。中に入れば沓脱《くつぬ》ぎがあり、背の高い仕切り板がそれをコの字に囲む。

仕切り板の一枚には、扉があった。百成がスリッパに履き替えるのを待ち、倉永がその扉を開けた。剣道場が現れる。凛《りん》として澄んだ空気を、百成はたちどころに感じた。それほどに道場は清く、床はつやつやと磨き込まれ、塵《ちり》ひとつ落ちていない印象だ。人の姿はない。倉永が奥へ行き、座布団をひとつ持ってくる。

「どうぞ、お楽に」

倉永はそう言ってくれたが、百成は座布団の上に正座した。倉永が再び奥へ行き、湯飲みをふたつ載せた盆を手に戻ってくる。

百成の前に盆を置き、その向かいに倉永が座した。板の間に正座だ。その姿勢があまりによくて、百成の背もぴんと張る。

「寺河充さんが亡くなったこと、ご存じですよね」

茶で喉を湿らせ、百成は切り出した。

「新聞で読みましたし、寺河優さんにもお電話を頂いた。充君のご遺体が帰宅されたら、お伺いするつもりです」

「今日中にはご自宅へ、戻られると思います」

百成は応えた。充の遺体は警察病院で解剖され、すでに終わった。

「そうですか」

「充さんは中学一年生の時、あなたに出会ったそうですね」

少し間を置き、百成は言った。

倉永は稲城市立城山《しろやま》中学校の、教師だったという。社会科を教え、長く剣道部の顧問を務めた。寺河充はその中学に入学し、剣道部に入ったのだ。

「入部者名簿に充君の名を見て、驚きと嬉しさに包まれました」

懐かしそうな視線を虚空へ飛ばし、倉永が言った。

「事前連絡はなかったのですか」

「優のやつ、黙っていたのです」

ふっと倉永は小さく笑う。

倉永は稲城市立城山中学校の出身で、在学中は剣道部に所属した。倉永が二年生にあがった時、新一年生として寺河優が入部する。

そう、倉永と優は剣道部の先輩と後輩なのだ。実の弟のように、倉永は優の面倒をよく見て、優もまた倉永になついたという。

中学を卒業した倉永はやがて大学を出、母校で教鞭《きょうべん》を執る。さらに遥々《はるばる》と時が過ぎ、優の息子である充が、倉永が顧問を務める剣道部に入部した。

「奇縁、ですよね」

百成の言葉にうなずき、けれど倉永は面持ちを曇らせた。

「ほかの生徒たちと同じように接するのだ。充君に会えた嬉しさのあと、私はそう自戒しました。けれどやはり、目をかけてしまったのです」

「でも倉永さんのお陰で、充さんの中に正義感が芽吹いたと、優さんは言っていました。その正義感はよく育ち、太く根を張り、やがて充さんを警察官へ導いたそうです」

「それがよかったのかどうか……」

苦悩の滲む倉永の声だ。警察官は恥じるような仕事ではない。なにゆえの苦悩なのかと、百成は倉永の面持ちを探った。だが、解らない。

「きれいな道場ですね」

百成は話題を転じた。

四年前。倉永はふいに教職を辞し、ここに剣道場を構えたという。

「剣道仲間の紹介で、ここを借りたのです」

「道場生の方は？」

百成は問うた。

道場生たちの名札や、壁際にずらりと揃う竹刀《しない》など、道場内に賑わいを示すものはない。

「元々多くには教えていなかったのですが、昨年末で道場生はすべて断りました。もう、自らを鍛錬するだけで精一杯です」

と、倉永が寂しげに応えた。百成は内心首をひねる。倉永は五十八歳、まだ老け込む年ではないだろう。

「さて、充君のことでしたね」

百成はうなずいた。倉永が語り始める。

「入部した当初はひよわさもありましたが、卒業する頃には充君、立派な少年になっていました。

中学在学中、彼が問題を起こしたことはなく、非行に走った様子もない。友達も多く、充君をひどく恨み、強く憎む者はいなかったはずです。

卒業後も充君は、時々城山中学校に遊びにきました。この道場にも何度かきて、道場生と手合わせしたこともあります」

剣道着姿の充がそこにいるような、愛おしげな視線を倉永は道場へ向けた。

「充さんが中学を卒業して十五年。その間ずっと親交があったのですね」

「ええ、年に何度か会っていました」

「最後にお会いになったのは？」

「最後……」

哀しみを嚙みしめるように、倉永が呟いた。切ない沈黙のあとで口を開く。

「今年一月の中旬、充君がここへきてくれました」

およそ二ヵ月前だ。百成は倉永の言葉を待つ。

「今、あなたとこうしているように、充君とさし向かいで茶を喫し、小一時間ほど取り留めのない話をしました」

「充さんに変わった様子、ありましたか？」

「いえ、特には」

百成はさらに水を向けた。しかし充はいつもどおりに見えたという。

「そうですか」

と、一拍置き、百成は口を開いた。

「あなたは寺河望美さんにも、剣道を教えられたそうですね」

充と同じく、望美も城山中学校へ入学した。父と兄に聞いた倉永の人柄に接したくて、彼女は剣道部へ入部する。二年と三年の時の担任も、倉永だったという。

百成は話を継ぐ。

「剣道はあまり上達せず、倉永先生には申し訳なかったと、少しはにかみながら、望美さんは言いました」

「彼女はどうしても、竹刀の握りが甘くなってしまいますから」

「望美さんは女子だから、男子ほどの握力がなかったと」

「いえ……、いや、そうです」

口ごもりつつ、倉永が応えた。わずかに首をひねったあとで、百成は言う。

「けれど倉永さんの教えで、望美さんは真っ直ぐさや正義感を、得ることができたそうです。

倉永先生は恩師であり、これから先、何が起きても師と仰ぐ。

望美さんは、そう言っていました」

倉永は何も応えず、ただうつむく。沈黙が降りてきた。

「重い言葉です」

やがて倉永が言った。

「望美さんも時々こちらへ、お見えになるのですか」

望美によれば卒業して以来、倉永とはずっと賀状をやり取りし、年に何度か会っているという。

「充君のように道場生と手合わせはしませんが、菓子などを手に、よくきてくれます」

そう応える倉永は、やや青ざめて苦しそうだ。

病を患っているのではないか。

痩せ過ぎた倉永の顔を見ながら、百成はふと思った。

6

倉永の道場を辞し、百成は多摩中央警察署へ戻った。五階に設置された捜査本部へ入り、目を瞠《みは》る。

滝沢捜査一課長、理事官とふたりの管理官、それに肝付署長の姿があった。幹部席に打ち揃い、なにやら話している。

捜査本部に一同が集うのは夜だ。閑散としているはずの昼さがり、捜査本部に幹部たちがいるとはつまり、事件の急展開や捜査の著しい進展を意味する。

入ってきた百成に、幹部たちは目もくれない。総務課員や通信係のほか、捜査員が数人いた。幹部席から少し離れて立ち、やや緊張の面持ちだ。

ずらり並んだ長机のうしろの席に、ぽつんと安芸刑事がすわっていた。百成はそこへ行き、声をかける。

「なにかありましたね」

「おや、百成さん。さすがに嗅覚が鋭いですね」

「偶々《たまたま》帰ってきただけですよ」

「重要参考人と呼べるか解りませんが、ともかくも二名、任意で連行しました」

のんびりとさえ聞こえる声で、安芸が言った。百成は刹那《せつな》、言葉を失う。その二名が自供すれば、事件は一気に解決へ向かう。

「滝沢一課長のお陰です」

と、安芸が話し始める。

百成や安芸を始め、昨夜多くの捜査員が立川の街を歩いた。夜明けまで聞き込みした刑事たちもいるだろう。

刑事たちが眠らない夜、滝沢捜査一課長も動いた。捜査会議終了後、彼は立川警察署へ赴いたのだ。

寺河充は四年間、立川警察署に在籍した。滝沢は地域課と生活安全課を訪ね、残っていた署員たちに、警察官・寺河充を恨む人物の洗い出しを依頼したという。

充の死を悼み、犯人に憤る立川署員は多い。彼らは充が携わった事件の資料を調べ、充の元同僚たちは過去の記憶を辿《たど》る。

やがて充と因縁浅からぬ数十名が浮かんだ。滝沢はこれを叩き台にして、さらに絞り込む。そして夜が明ける頃には、真っ先に調べる人物として、八名が出揃った。

「捜査の進捗状況を見ながら、いずれ立川署に協力を要請する。捜査本部としての、それが方針だったと思います。しかし待ちきれず、滝沢一課長は独断で動いた。おとがめはないと思いますが、彼も腹をくくっているのでしょう」

声を潜めて安芸が言う。目の覚める面持ちで、百成は幹部席の滝沢に目をやった。事件の早期解決を願うのは、百成だけではないのだ。

「今朝、私たち予備班が集められ、その八名を訪ねることになったのです。しかし捜査本部の人たちは出払っており、手が足りない。

滝沢一課長と肝付署長が協議し、この多摩中央警察署から臨時に応援を出すことになった。私と組んだのは、こっち系担当の西田《にしだ》さんです」

左手の人さし指で自らの頬を切る仕草をし、安芸が話を続ける。

「私と西田さんに割り振られたのは二名。まず、私たちは立川市内のアパートへ行きました。そこに光石郁太《みついしいくた》、二十二歳が住んでいます。

光石はアパート一階の部屋にいて、私たちは戸口で警察手帳を見せた。寺河充の事件について私が問えば、光石は無関係だと主張する。しかし奴の目に、かすかに怯えが走った。ちょっと臭いと思いましてね」

刑事の勘というやつだ。

これまで安芸は、多くの被疑者や参考人と向き合っただろう。その人たちが嘘をついた時の目の動き、隠し事をした際の仕草、真実を述べた時の表情。安芸の中にはそれらが蓄積、分類されているはずだ。

刑事の勘とはつまり、経験則に基づく統計学といえる。だが人は千差万別だから、無論この勘は外れることもある。

「とりあえず引っ張った方がいいと、私は思いましてね。西田さんにそっと目配せをし、それからあたりを窺った。

光石は出勤直前らしく、目をやれば下駄箱の上に財布や鍵束が載り、飛び出しナイフもあった。銃刀法違反だと、西田さんが光石に詰め寄る。

その手の悶着《もんちゃく》を警察とよく起こすのでしょう。『所持』ではないから、違反していない。そう光石は反駁するが、強面《こわもて》の西田さんが引きさがるはずもない。玄関先で押し問答になり、そこへクラクションが聞こえた。

振り返れば車が停まり、運転席に二十代の男性がいる。その顔を見て、これはついていると思いましたよ。

彼は国広敏男《くにひろとしお》といい、このあと私たちが訪ねる予定の人物だったのです」

百成は首をひねった。それほどの偶然があるものだろうか。

「もちろんふたりは繋がっています。光石郁太にとって、国広敏男は高校時代の先輩に当たるのです。在学中、ふたりはほかの仲間とともに、散々悪さをやらかしたらしい。

高校を卒業した国広は、立川市内の運送会社に就職した。一年後に高校を出た光石も、国広の紹介でその会社に入ったわけです」

舌で唇を湿らせて、安芸が続ける。

「国広は通勤途中に光石を拾い、会社まで乗せていくところでした。車を降り、国広が私たちを睨《ね》めつけながらこちらへくる。先輩だけあって、悪党としての貫禄《かんろく》は光石より上です。

西田さんと私、国広と光石。アパートの玄関先で、その四人がややごたついた」

「それでどうしたのです？」

「光石の銃刀法違反は不問に付す。その代わり任意同行に応じてほしい。私と西田さんはそう提案し、すると国広が条件をひとつ出した。

勤め先にうまく取り繕《つくろ》ってくれと言うのです。実際、警察署へ呼び出されただけで、会社を追われた人はいますから。

そこで私と国広が勤務先へ行き、あくまでも参考人としてご協力願いたい。そう上司に説明し、それからふたりを連れてきたわけです」

安芸が結んだ。幹部席から滝沢一課長の声がする。

「さて、安芸さん。一服したら取り調べを頼みます」

「人使いが荒いですね」

「以前あなたにこき使われた。その意趣返しです」

と、滝沢が笑い、安芸も笑みを開く。

安芸に礼を述べ、百成はひとりで廊下に出た。署内のひとけのない場所へ移動し、スマートフォンを手にする。百成はとある番号にかけた。

「どうした？」

落ち着いた渋みのある声がした。月澤凌士だ。事件に着手した際、月澤には携帯電話が貸与される。

これから百成は、脳科学医療刑務所で月澤と会う予定だ。だがそうなると、国広と光石の取り調べを見逃すことになる。

百成は声を潜め、これまでのことを簡潔に話した。

「こちらへくるのは明日でいい。取り調べの様子、よく見聞しておいてくれ」

優しげな口調で月澤が言う。

「解りました」

「それと」

と、月澤が指示を出した。

7

殺風景な小部屋にひとつだけ、やや大きめの窓がある。百成はその窓辺にいた。滝沢捜査一課長や肝付署長、理事官も一緒だ。みな無言を守り、部屋には緊張感が漲《みなぎ》る。

多摩中央警察署の取調室。百成たちはその隣の部屋にいて、窓越しに取調室を覗く格好だ。これはマジックミラーだから、取調室側からは鏡にしか見えない。取調室には集音器もあって、向こうの音はこちらに筒抜けだ。

取調室の中央に机があり、向かって右に若い男性が、左に安芸がすわっていた。机を挟んでさし向かいのふたりを、横のやや高い位置から百成たちは凝視する。

安芸のうしろには捜査一課の刑事が立ち、記録係が壁際の小机にいた。部屋にはその四人だけだ。

「さて、少し話を聞かせてください」

安芸が口火を切った。向かいの男性が無言でうなずく。

長めの髪は黒く、ピアスもしておらず、カーゴパンツに黒いシャツという出で立ちに、乱れはない。しかし男性の双眸は異様に冷えて、頬に不敵さが刻まれていた。すっとナイフを出して躊躇《ちゅうちょ》なく人を刺すような、不気味な怖さがある。国広敏男だ。

「およそ五年前、あなたは立川市内の立川西栄《にしさかえ》高校を卒業した。そして今も勤務される砂川《さがわ》急送に入社した。そうですね？」

「ええ」

国広が応えた。腕を組み、椅子の背もたれに背を預け、ややふてぶてしい態度だ。

「高校時代のあなたは非行少年で、補導歴も多数ある。立川警察署の生活安全課に聞きましたら、当時のあなたは課内で、ちょっとした有名人だったそうですね」

国広がにっと笑う。若者にとって過去の悪事は、時に勲章なのだ。

「働き始めたあなたは、高校時代の友人や後輩とつるみ、立川の街でよく遊んだ。一緒にきてもらった光石さんも、そういう仲間のひとりだ。そうですね」

「ええ」

「さて、その頃立川警察署の生活安全課に、寺河充さんが配属される。社会人とはいえ、当時あなたは未成年。少年事件を担当する寺河さんと接点が生まれた」

ゆっくりと安芸の話が核心へ向かう。窓の前で百成は、身じろぎさえしない。こちらの音は取調室に聞こえない。それは解っているのだが、百成は息を潜めていた。

「仲間たちと酒場で酒を酌《く》み交わし、煙草《たばこ》を吸うあなたを寺河さんは注意する。けれどあなたは耳を貸さない」

「当時のおれはもう、高校を出て社会人だ。酒や煙草ぐらい、いいでしょう」

「そのあたりは警察もね、大目に見ますよ。しかしあなたのように、高校生を引き連れて飲み歩けば注意せざるを得ない。

それにほら、寺河さんは立川西栄高校の出だから、あなたや光石さんの先輩に当たる。寺河さんはあなたより七歳上ですので、高校内で直接会ったことはないでしょうけれど」

百成には初耳だった。

「確かに寺河さんは、おれや光石に特別目をかけてくれた」

揶揄のこもった国広の言葉だ。

「先輩面して、色々うるさく言ってきた。それが本音でしょう」

安芸の言葉を鼻で笑い、国広は否定も肯定もしない。

「ともかくも寺河さんは、後輩のあなたや光石さんを放っておけなかった。そこへ覚せい剤騒動が持ちあがる。

あなた方が溜まり場にしていた地下のスナック。ある日、寺河さんたち生活安全課の面々はそこへ行き、覚せい剤取締法により、あなたの仲間をふたり逮捕した」

「おれはやっていない！」

突然国広が語気を強めた。余裕を装う笑みを消し、安芸を睨む。それから国広は、気まずそうに安芸から目をそらした。

安芸は目を細めて国広を見つめた。束の間の沈黙のあとで口を開く。

「そう、あなたは所持しておらず、逮捕されなかった。しかし仲間を連行する寺河さんの背に、あなたは声をかけた。なんて言いました?」

「忘れましたよ」

「『いつかぶっ殺してやる!』。あなたはそう言ったのではありませんか?」

「覚えていません」

国広が応える。安芸が口をつぐみ、取調室に沈黙が降りた。

「ねえ、刑事さん」

やがて国広がしじまを破った。

「なんです?」

「おれが寺河さんに殺意を持っていた。警察はそう思っているわけか?」

「そんなことありませんよ。あくまでも参考人として、あなたにはきて頂いた。でも、そうですね。すっかり容疑を晴らすため、三月八日のあなたの行動を教えてください」

死体検案書や検視官によれば、その日の午前十一時から午後一時の間に、充は稲城市の自宅で殺害された。

国広の表情を見逃すまいと、百成は窓の向こうを凝視する。

「三日前ですよね。その日は仕事でした」

あっさりと国広が言う。この質問を予期していた。そんなふうにも取れる答え方だ。

「詳しく聞かせてください」

安芸の言葉に首肯して、国広が語り始める。

8

一流ホテルの上品な客室。

目隠しでここへ連れてこられたら、誰もがそう信じるだろう。それほどに洗練された月澤の「独房」に、百成はきていた。

部屋の中央に置かれた本革のソファに、百成は浅くすわる。向かいのソファには、月澤がゆったりと身を沈めていた。上品な装いの月澤は、いつものようにシャンパングラスを手に、どこか夢見る面持ちだ。

取調室で国広敏男がアリバイを主張したところまで語り終え、百成はジンジャーエールで喉を湿らせた。一息入れて、口を開く。

「続いて取り調べた光石郁太も、国広敏男と同様のアリバイを主張しました。彼らは被疑者ではなく、勾留するわけにいきません。

取り調べのあとでふたりには、引き取ってもらいました。もちろん見張りますけれど」

「その安芸刑事に、ふたりを取り調べた感想を聞いたか？」

そういう月澤の指示だ。うなずいて百成は応える。

「国広と光石は、寺河充殺害事件に関与している。断定はできないが、そんな印象を得た。安芸さんはそう言っていました」

「そうか」

「はい。取り調べが終わり、安芸さんと捜査一課の刑事、それに私の三人で、国広と光石の勤務先である砂川急送と、取引先の須田《すだ》鉄工所へ向かいました」

百成は話を続けた。

砂川急送は二トンと四トンの箱形トラックを、併せて十台ほど有する小さな会社だ。トラックの数だけ社員がいて、それぞれの担当車両が決まっている。

燃料代や高速料金、さらに車検費用まで、トラックにかかる費用はほとんど、車両を担当する社員が払うという。給料は完全歩合制だから、社員というより請負制に近い。

厳密にいえば、貨物自動車運送事業法に触れるかも知れない。しかしともかくもこれが、砂川急送の業務形態だ。

担当車両は自分のトラック。社員たちはそういう意識を持ち、鍵などもすべて自己管理する。社員の誰かが休み、そのトラックを別の社員が運転することはない。

ほとんどの費用を支払う分、社員たちはかなり自由にトラックを使える。会社に内緒で社員が直接仕事を受ける場合もあり、度が過ぎなければ会社側も「内職」として黙認する。

「国広と光石の担当車両は、二トントラックです」

と、百成は説明を続ける。

砂川急送の社屋は二階建てのプレハブだ。社屋に隣接して第一駐車場があり、そこにトラックが七台停まる。

元々はこの場所だけの会社だったが、やがてトラックを増やすことになる。そこで砂川急送は、社屋から百メートルほど離れた工場裏手の、寂しげな空き地を借りた。

その砂川急送第二駐車場に、国広と光石、それに梨野《なしの》という社員の二トントラック、計三台が停まる。

社員たちの休憩場は、プレハブ社屋の二階だ。第二駐車場にはトラック三台のほか、なにもない。第一駐車場にトラックがある七人の社員は、第二駐車場へは滅多に足を運ばないという。

「寺河充が殺害された日、国広は午前六時過ぎに砂川急送へ行き、第二駐車場に停まる担当車両に乗り込んだと主張しています」

時折シャンパンを口に運びながら、月澤が黙って聞く。百成は話を続けた。

「助手席に光石を乗せ、国広の運転で砂川急送を出発。午前七時頃、埼玉県の川口市に入ったそうです。

川口市の南部、荒川沿いの工業団地の道ばたにトラックを停め、午前九時四十五分までふたりは車中で待機。午前十時前に同工業団地内の須田鉄工所へ行く」

「三時間近く待機したのか？」

「早朝の道は空いており、走りやすい。かなり早くに目的地近くへ行き、約束の時間まで仮眠することは結構あるそうです」

「そうか」

「はい。須田鉄工所に入り、国広と光石は構内作業を始める。部品の入った箱を第一工場でトラックの荷台に積み、同敷地内の第二工場へ運ぶ。その繰り返しです」

「一度に運ぶ箱の数は？」

相変わらず月澤は、意外な問いを繰り出してくる。

月澤の耳目として動く際、かなり細かいことまで調べる癖が、いつしか百成についた。普通の刑事と違う観察眼を持ちつつあり、その点において百成は月澤に感謝している。おかしな話ではあるが、刑事の百成は囚人の月澤から、推理のイロハを教わっているのだ。

「調べてあります！」

百成は言った。ふっと月澤が小さく笑い、優しげな面持ちで先をうながす。

「箱は両手で抱えられるほどの大きさでした。プラスチック製で蓋はなく、部品が入った状態で重ねられます。

国広と光石はトラックの荷台後部に箱を重ね置き、一回に十箱ほど運ぶそうです」

「重ね置くのか」

「はい。そのため国広は須田鉄工所へ行く際、箱が崩れるのを防ぐため、トラック荷台のかなり後方に、天井から床までの仕切り板を嵌めるそうです。一時的に荷台をふたつに分け、うしろ側の狭い方だけ使うわけです」

「よく調べてくれたな」

と、月澤はシャンパングラスを、わずかに掲げた。褒められて悪い気はせず、照れ笑いを浮かべながら、百成はジンジャーエールに手を伸ばす。

優雅な仕草でグラスを置き、月澤が口を開いた。

「国広と光石は、須田鉄工所へよく行くのか？」

「須田鉄工所は忙しければ、日曜日も操業します。けれど社員は多くが休み、手が足りない。一方砂川急送は工場関係の配送が多く、日曜日はほとんどトラックが動かない。だからよく、国広と光石に声がかかるそうです。

元々国広は須田鉄工所の製品を、トラックで取引先に納めていました。日曜日の構内作業を始めたのは一年ほど前で、当初から光石も一緒です」

一旦言葉を切り、息を整えてから百成は言う。

「話を戻します。寺河充が殺害された日、国広と光石は午前十時から構内作業を開始、午後二時に終えたと取調室で主張しました。

そこで私たち三人が、須田鉄工所に赴いたのです。結果、十数名の社員から、間違いなく国広と光石はきていたとの証言が取れました。

午前十時から正午。昼食休憩後の午後十二時四十五分から午後二時まで、必ず誰かが工場内で、国広や光石を見ています。

昼食休憩時、国広と光石はトラックに乗って須田鉄工所を出、近くのうどん屋に入ったと主張。その店に確認したところ、こちらも裏が取れました。

寺河充が殺害された稲城市の自宅から須田鉄工所まで、車で優に一時間かかります」

「国広と光石のアリバイは成立か」

「はい。須田鉄工所からの帰り道、安芸さんはしきりに首をひねっていました」

「百成、君は国広と光石をどう見た？」

「取調室の国広は、どこか余裕がありました。光石は反抗的でやや落ち着きを欠き、けれどアリバイを主張した時、挑戦めいた表情を浮かべたように見えました」

「そうか。寺河充が殺害された時の現場写真、もう一度見せてくれ」

うなずいて、百成は鞄に手を伸ばす。写真を渡すと月澤は、一枚ずつテーブルに並べた。血まみれの和室と死体。凄惨な有り様ばかりだ。

くつろいだ様子は、すでに月澤にない。身じろぎもせず、鋭い視線を写真に注ぐ。月澤の思考の邪魔をしないよう、百成は息を潜めて気配を消した。

9

百成の向かいのソファで、月澤は瞳に叡智の光を宿し、彫像さながら動かない。まばたきの音さえ聞こえるほどの静寂が続く。

と——。

月澤がグラスに手を伸ばし、優雅にシャンパンを飲み干した。微風のような笑みを浮かべる。謎を解いた時の仕草だ。

国広と光石のアリバイを、月澤は崩したというのか。月澤の推理力を認める百成だが、それでも思わず口を開いた。

「寺河充の死体は、検視のあとで解剖されました。その結果として、午前十一時から午後一時という死亡推定時刻が出たのです。この時間は信頼でき、動きません。ところが国広と光石はその時、現場から遠く離れた川口市の工業団地にいました」

「ひとつ、方法がある」

静かな声で月澤が言った。百成は小さく首をかしげる。国広たちのアリバイは、鉄壁にしか思えない。

「これまでに得た情報から導き出される説だ。なかなか面白い方法だぜ」

さっと前髪を掻きあげて、月澤が話し始める。

「まずはこの写真を見てくれ」

百成はそちらに目を向けた。縛られてうつ伏せの寺河を俯瞰《ふかん》した写真だ。

「八畳間の中央、二枚の畳の上に寺河の死体はある。次はこれだ」

と、月澤が別の写真を指さす。廊下から八畳間を撮ったもので、死体の向こうに白々と障子が写る。

「障子を開ければ窓があり、そこから庭へ出られる。そうだな」

「はい」

「国広と光石は午前六時過ぎに砂川急送を出発し、川口市へ向かったというが、実際には稲城市の寺河宅へ行った。事件当日の午前七時以降、寺河宅には充しかいない」

百成はうなずいた。寺河望美は立川へ行き、父の優は九州へ出張中だ。このふたりの行動の裏は取れている。

「この寺河家の状況を、どのようにして国広たちが摑んだのか。それはまだ解らないからひとまず置き、まずは犯行手順を追う」

「はい」

「寺河宅では玄関の鍵を庭のどこかに隠し置き、国広らはその場所を事前に調べておいた。あるいは高校時代の後輩として、寺河と会う約束を取りつけた。可能性はいくつもあるが、ともかくも国広と光石は寺河宅へ入り、充を襲った。二対一だから、この状態に縛《いまし》めることはできる」

両腿と両足首、さらに両手首を縛られた充の写真を示し、月澤は話を継ぐ。

「それから猿ぐつわをかまし、国広たちは充をトラックの荷台に入れた。

寺河宅は住宅街の外れに建ち、まわりは林だ。とはいえ誰かがくるかも知れない。犬を散歩させる人がとおりかかり、トラックを目撃する場合もあろう。

しかし寺河宅は、正面以外の三方をブロック塀が囲む。トラックをバックで玄関前につけ、観音開きの荷台の扉を左右に開けば、扉や箱形の荷台が衝立《ついたて》代わりになり、家の四方はほぼ囲われる。

これならば、充を荷台に運び入れる瞬間を目撃される恐れはまずない」

と、月澤はシャンパングラスに手を伸ばした。

「さて、ここから少し面白くなるぜ」

口元に笑みを灯し、殺人事件を楽しむ口調で月澤が言う。

「国広と光石は寺河宅の和室から、畳を三枚搬出した。部屋の中央に敷かれた二枚と、それに隣接する一枚だ。障子と窓を開け放ち、そこから畳を出せば、さほど時間はかからない。ふたりはこれをトラックの荷台に積む」

「まさか！」

「そう。殺害現場は寺河宅ではない」

「しかし血の問題が……」

「あとでその場面になったら話す。国広と光石は三枚の畳と充を荷台に積み、寺河宅を去った。そしてどこか、ひとけのない場所にトラックを停める。

トラックの荷台には、積んだばかりの畳がある。国広たちはトラック荷台の前方部分に、寺河家の和室にあったのと同じ形で、三枚の畳を敷いた。

荷台にはベルトなどで荷を固定するための、フックや凹みがある。縛めた充をそれらに結びつけ、動けないようにする。

この状態にして、国広らは仕切り板をトラック荷台の後方に嵌め込んだ。板は床から天井まであり、畳や充をすっかり隠す」

「そして国広と光石は須田鉄工所に向かった」

「そう」

と、月澤が話を継ぐ。

「須田鉄工所に着き、ふたりは何食わぬ顔で構内作業を始めた。やがて昼食休憩になり、国広と光石はトラックに乗って工場を出る。

日曜日の工業団地だ。車や人はさほどとおっていない。国広らは工場の裏手にでもトラックを停め、どちらかひとり、仮に国広とするが、彼が荷台に乗り込む。光石は外側から荷台の扉を閉めて、その場に見張りとして立つ。

国広は仕切り板を取り、荷台の前方に踏み込む。ロープを解こうともがくほど、体力を消耗するからな。長時間の縛めで充は相当弱っていただろう。

その充を国広は、畳の上にうつ伏せにした。馬乗りになり、髪を摑んで顔を前に向かせ、やや下方から首に刃物を突き立てる。大量の血がしぶき、ほどなく充は事切れた。

なぜ国広は、この体勢で充を刺したのか？」

学生に問いかける教授よろしく、月澤が言った。わずかに沈思して、百成は口を開く。

「三枚の畳に血が充分飛び散り、しかし荷台の側面などに血が付着しないため、でしょうか」

「そのとおり。それから国広は畳に血文字を書き、仕切り板を元どおり嵌め、荷台から降りる。

充殺害に手間取れば、うどん屋に寄るつもりはなかっただろう。だが計画どおり行き、国広と光石は店に入った。こうすれば、アリバイはより強固になる」

と、月澤は席を立った。新しいシャンパンと、ジンジャーエールを手に戻ってくる。

事件の話をする時、決まって月澤はシャンパンを飲む。しかし肴《さかな》は用意しない。血なまぐさい事件こそが、月澤には格好の肴なのかも知れない。

ほとんど音を立てず、上品な仕草で月澤はシャンパンを開けた。グラスに注ぎ、口元に運び、芳香に目を細める。

ほんとうにここは刑務所の独房なのか。時に感じるその思いに、百成は囚われた。

10

「午後二時。国広と光石は構内作業を終え、須田鉄工所をあとにする」

シャンパンをゆっくりと飲み、それから月澤が言った。

「寺河宅付近まで移動し、国広らはどこかにトラックを停めた。荷台にあがり、畳の血の様子を見る。

殺害から二時間以上経っており、大量出血とはいえ、血はほぼ乾いていたはずだ。もしもまだならば多少待機し、国広らは寺河宅へ行った。トラックをバックで玄関前につけ、観音扉を開ける。これでまず、トラックの荷台内部や寺河家は外から見えない。

それでもあたりにひとけがないことを確認し、国広と光石は荷台に乗る。三枚の畳が敷かれ、そのうちの二枚に跨がって、充の死体はうつ伏せだ。

国広たちはそれら三枚の畳の下に、仕切り板を滑り込ませる。仕切り板は荷台の床から天井まであるというから、三枚の畳と同じほどの大きさだろう。

仕切り板に下から手をあてがい、国広と光石は充の死体が乗ったまま、三枚の畳を和室に同時搬入した」

百成はうなずいた。寺河宅の和室には、大きめの障子が二枚ある。その障子と窓を外せば、三枚の畳を平たい状態で搬入できる。

「この方法であれば、充の死体に動かされた形跡は残らない。実際に殺害後、畳の上から動かしていないのだからな。

三枚の畳の血はほぼ乾いている。搬入作業中に多少畳が傾いても、血が滴になって畳表面を流れ、血痕に不自然な痕を残す恐れはない。

よって警察はのち、充は自宅で死んだと断定する。

彼らがなし得るであろう犯行手順や、それにまつわる事柄は、ざっとこんなところだ。

さて、質問を受け付けよう」

と、月澤はソファに背を預けた。グラスを片手に足を組む。形而上《けいじじょう》の語らいでも、楽しむような面持ちだ。

ふっとくつろぎそうになり、百成は自分を戒めた。哀しみと悼みに満ちた、殺人事件の話なのだ。先ほどからの疑問を、百成は口にする。

「確かに充の血しぶきは、和室中央の三枚の畳に集中しています。しかし頭部側の左右の畳にも血は飛び散り、壁からも二ヵ所、血痕が見つかりました。

寺河宅に戻り、国広と光石は三枚の畳を搬入した。この時点で畳の血が乾いていたとすれば、別の畳や壁に血痕を残すことはできないと思いますが」

「蛭《ひる》、知ってるか？」

いきなり月澤が言い、百成は目をぱちくりさせた。百成の戸惑いを楽しむように間を置いて、月澤が口を開く。

「蛭だよ」

「血を吸う生き物ですよね」

「そのままだな」

ふっと笑い、月澤が言葉を継ぐ。

「すべての蛭が吸血性ではない。しかし蛭といえば血を吸う印象で、その代表はヤマビルだろう。これは日本に広く分布し、東京都内にもいる。

神奈川県の丹沢《たんざわ》には、かなりの数が棲息《せいそく》するらしい。ハイキングの格好で丹沢に入り、蛭を採取するなど簡単だろうな」

うっすらと、脳裏に何かが見えてきた。百成は思いを凝らす。

国広と光石は、事前に蛭を何匹か採取した。トラックの荷台で充を殺害する前、蛭たちを肌に這《は》わせて、充の血を吸わせる。それから蛭を容器に入れた。

そのあと寺河家に戻り、畳ごと死体を搬入する。それから蛭をまずは一匹、容器から取り出した。

犯行時、国広と光石は指紋を残さないため、手袋をしていたはずだ。この段階でそれまでの手袋を、ビニール製のものに代えたかも知れない。

その手で包むように蛭を持ち、まだ、血のついていない畳や壁の近くで握り潰す。蛭の体内から血が噴き出し、手のひらから溢れて畳や壁に滴る。蛭自体は手の中に残り、床に落ちない。

次の一匹、さらにもう一匹と、国広たちは蛭を握り潰して血をつけていく。

思い浮かべたその光景に少し慄然としながら、百成は点頭した。

これならば、和室のあちこちに血の飛沫《ひまつ》を残せる。しかしいくつか疑問も出た。月澤に断り、百成はスマートフォンに手を伸ばす。

「蛭のことなら、もう調べてある」

月澤が言った。

「いつ調べたのです?」

国広と光石が捜査線上に浮上し、しかし彼らにはアリバイがあった。

それらはついさっき、話したばかりだ。聞き終えた月澤は思考の海を漂うばかりで、特に調べ物はしていない。

この部屋にはノートパソコンがあり、ネットで検索できる。しかし月澤はパソコンに触れていない。

「君が一昨日ここへきて、事件のことを話してくれた。写真を見れば、死体も和室も血まみれだ。それが気になり、血のことを色々と調べたのさ。籠《かご》の鳥は暇だからな」

　軽く肩をすくめ、月澤が言う。

「種類によって多少違うが、蛭は吸い込んだ血を長い時間、時に半年ほどかけて消化する。

　午前中に血を吸わせた蛭を、国広と光石は夕方潰したのだから、ほぼ未消化の血がたっぷり出たはずだ。蛭を用い、充の血を凝固させずに夕方まで保管したというわけさ」

「蛭の代わりに、抗凝血薬を使えばよかったのでは？　充を殺害する際、少量の血に抗凝血薬を混ぜて容器に入れれば、凝固させずに血を保管できます」

「その血を寺河家で撒《ま》けばどうなる？」

「え？」

「警察が現着した段階で、その血だけがまだ凝固していない可能性がある」

「そうか！」

「蛭の体内にあれば血は凝固しない。だが体外に出ればやがて固まる。そういう特性があるからこそ、蛭を使った。

それに抗凝血薬だと、入手経路を特定される可能性がある。だが山中で採取した蛭ならば、その恐れはない」

蛭を使う。一見おぞましいやり方の裏に、奸智《かんち》に長《た》けた犯人の思惑があったのだ。しかし月澤はここから一歩も出ることなく、血による赤いアリバイを見破った。

「なぜ月澤さんは、蛭に着目したのです？」

さりげなく百成は問う。脳科学医療刑務所にいる間、月澤の死刑執行は停止される。しかし彼が拘置所に戻されれば、いつ絞首台に立つか解らないのだ。

月澤と会い、こうして話ができるうちに、彼の推理法を学ばなくてはならない。それが月澤づきの自分に課せられた、もうひとつの役目だと百成は思う。

「そう、今のうちに学べ」

すっと百成に顔を近づけ、囁《ささや》くように月澤が言った。ほんの一瞬、真顔を見せる。百成の裡に、これまでにない感情が湧いた。月澤への切なさだ。

「ヒントはこれさ」

髪を掻きあげて真顔を消し、それから月澤が写真を指さす。充の右上腕部を写したものだ。彫刻刀状の刃物で皮膚が削られ、『暗』と刻んである。

「この文字がヒント……」

百成は首をひねる。暗という字が蛭とどう繋がるのか。

「文字は関係ない」

月澤が言う。ならば傷が関係するのか。そう思い、次の瞬間閃《ひらめ》いた。

「蛭の吸血痕を隠した！　そうですね」

月澤がうなずいた。

国広たちは充の右上腕部に、蛭を這わせた。蛭が血を吸えば、皮膚に跡が残るだろう。その部分を削り、蛭の痕跡を消さねばならない。

しかしただ削れば、なぜ犯人はそうしたのかと警察は疑問を抱く。そこでまわりの皮膚も削って文字にした。文字を刻むために、犯人は皮膚を削った。そう見せかけるためだ。

月澤により、犯人たちの隠れた思惑が次々明らかになっていく。あとひとつ、訊ねたいことがある。

「血文字について、お訊きしたいのですが」

百成は切り出す。充の死体が発見された寺河家の和室。その畳には、『暗』という血文字が残されていた。

「充の腕に刻んだ文字と同じ発想だよ」

「殺害現場偽装工作をするために、血を畳に飛散させる必要があった。そこで犯人は充を不自然な体勢で刺殺する。

その目的を隠そうとして、犯人は失血に別の意味を持たせた。それが血文字です。これを畳に書くことにより、犯人は血文字を残すために充を大量出血させたと、われわれ警察に思わせようとした。

そこまでは解るのですが、なぜわざわざ、『暗』という文字を選んだのでしょう？」

「捜査の攪乱《かくらん》を狙っただけだ。深く考える必要はないさ」

そう応える月澤に、何かを含む様子はない。

警察官に血文字といえば、たちどころに月澤を思い浮かべる人は多い。月澤をあがめる者もおり、そういう人物の犯行だと、思わせようとしたのかも知れない。

六年前に月澤が起こしたとされる凄まじい事件。何度も反芻したそれを、百成はまた心の中でなぞり始めた。

11

月食の夜が明けた朝。神奈川県内で男性の死体が見つかった。自宅マンションで刺し殺されたのだ。

死体は居間の中央にうつ伏せで、床や壁には恐ろしいほど血がしぶく。そういう地獄絵図の中、死体の傍らの床に血で「骨」と記されていた。

時を同じくして、東京都下で男性の死体が見つかる。自宅で殺害され、現場はやはり血の海だった。死体の横に「牙」という血文字がひとつある。

それから数時間もしないうちに、都内で二体、埼玉県内で一体、死体が見つかった。五つの死体はすべて、自宅やその近くで発見され、身元はすぐに判明する。被害者たちはみな、現職警察官だ。凄まじい衝撃をもって、事件は報じられた。

警視庁、埼玉県警、神奈川県警の間に、大規模な合同捜査本部が設置され、事件の様子が見えてくる。

五人の警察官は刃物で喉仏の横を走る動脈を刺され、おびただしい血を流して死んだ。五つの死体のすぐ脇には、被害者の血で記された文字がそれぞれひとつ残る。死体発見順に「骨」「牙」「暗」「無」「翼」。

五人は同じ夜に殺害された。

だが、この事件にはさらに異様な要素があったのだ。

被害者たちは鋭利な刃物で首を刺された——。

警察はそれしか発表しなかった。

実際凶器は現場に残されていない。しかし解剖の結果、五人の傷口には特徴的な痕跡があり、ごく微量の鋼鉄片が採取された。よって凶器の材質及び形状は、ほぼ判明している。

ボールペンほどの直径を持つ、鋼鉄製のパイプがある。これを鋭角に切れば、切断面は尖《とが》り、易々と人体に刺さる。

被害者たちは、この鋭い先端を持つ鋼鉄製のパイプを、首に突き立てられたのだ。

傷口にストローが刺さった状態であり、凶器であるパイプの先端から、凄まじいほどに血が噴出しただろう。ゆえに五つの殺害現場は、おびただしい血にまみれていた。

だが、噴き出した血は遮られることなく、きれいに床や壁に飛び散ったとみられる。

犯人は背後から被害者に近づき、羽交い絞めにして首にずぶりと凶器を突き刺した。凶器の先から血が噴き出て、しかし犯人はうしろにいるから返り血を浴びない。

そういう犯行だろうと推測された。

凶器は見つかっておらず、断定とまではいかない。また凶器が特殊に過ぎて、模倣犯の出る恐れがある。さらに凶器は秘しておき、犯人にしか知り得ない事実にしておきたい。

それらの理由から警察は、解剖所見による凶器の詳細を公表しなかった。

警察官が五人殺されたのだ。合同捜査本部には優秀な捜査員が惜しげもなく投入され、警察の威信をかけた大捜査が始まった。

一夜に同じ方法で、偶然警察官が五人殺されるなどあり得ない。また被害者は誰しも柔剣道や逮捕術に長けており、やわではない。一対一で反撃されず、ほぼ一撃で刺殺するのは難しい。

たとえばふたり一組になり、各組がひとりずつ警察官を殺す。あるいは三人以上で二手に分かれ、どちらかが三人殺害し、もう一方がふたりを殺す。

組み合わせはいくつも考えられるが、少なくとも五名以上の集団犯行だと警察は見た。複数犯ならば、情報は漏れやすく尻尾を摑みやすい。それを励みに刑事たちは、粉骨砕身捜査に臨む。

しかし目撃情報は一切出ず、被害者の身辺を洗っても、怪しい人物は浮かばない。各現場から、ただのひとつも物的証拠が得られない。

捜査は停滞し、そこへひとりの男性が警視庁にやってきた。

月澤凌士だ。

対応した捜査員に対し、パイプ状の凶器や具体的な殺害方法を、月澤は口にした。警視庁は蜂の巣をつついたような騒ぎになる。

凶器の形状は相変わらず伏され、警察と犯人しか知り得ない事実なのだ。これほどの重大事件、箝口令《かんこうれい》は徹底された。

月澤は事件に深く関与する。警察はそう確信し、取り調べを始めた。

証拠を一切残さず、人の目に触れることなく、たったひとりで五人を殺害する。それは不可能に近く、単独犯ではない。

警察はそう見ており、共犯者について訊く。しかし月澤は共犯者の存在を否定、事件当夜の自らの動きを詳細に語った。その供述は現場検証や死体の様子と齟齬《そご》がない。

こうなれば警察は、月澤の単独犯だと認めざるを得ない。

かつて学んだ幾多の犯罪学に基づき、殺人をなすのにもっとも適した肉体と精神を、自ら作りあげた。そして完璧な犯行計画を練りあげ、警察官を五人殺した。

月澤はそう供述し、だが動機は一切語らない。

警察は月澤を検察庁へ送り、やがて凶器も含め、事件を詳しく公表した。しかし事件は尾を引く。まず、マスコミはこぞって月澤の過去を追った。

12

月澤家の長男として、月澤凌士は都内で生まれた。ごく普通の男の子で、なんら問題を起こすことなく小学校を卒業して中学へ進む。月澤には妹もいて、仲のよい四人家族だ。

しかしほどなく、大変な事件が起きる。月澤の両親と妹が惨殺され、包丁を手にした十四歳の月澤がそこにいたのだ。警察は月澤を保護して事情を訊く。

「気がつくと目の前に家族の遺体があり、自分は包丁を握っていた。なにが起きたか解らず、ぼんやりしているうちに警察がきた」

月澤はそう言った。

さらに訊けば月澤には、事件の数日前からの記憶がないという。

月澤は家庭裁判所に送られ、精神鑑定を始め様々な検査を受けた。結果、月澤の部分記憶喪失は、偽りではないとの診断がくだる。

記憶がないにしても月澤は凶器を持ち、両親や妹の血液が着衣に付着していた。ほかに容疑者も浮かばない。どの角度から事件を眺めても、三人を殺したのは月澤であり、彼は医療少年院に送致された。

医療少年院の中で月澤は、極めて真面目だったという。院内で中学を卒業し、月澤は普通少年院に移された。そこでも優等生として振る舞う。

充分に更生したと判断され、やがて月澤に退院の措置がくだった。すでに月澤は十八歳。社会復帰を果たし、大学入学資格検定を受けて合格する。

事件が起きた時から月澤家の財産は、月澤凌士の伯父が管理していた。

自分の過去がいつ暴かれるか解らない。それに怯えて日本にいるのはつらく、また広い世界を見てみたい。

月澤は伯父にそう話し、アメリカへの留学を訴えた。伯父は承諾し、月澤家の財産から学費と生活費を出す。

かくして月澤は単身渡米し、東海岸の大学に入学。しかしここから、彼に微妙な影がさす。

月澤は大学で、犯罪心理学、犯罪社会学、犯罪生物学などを学び始めるのだ。成績は極めて優秀。教授に勧められるまま、月澤は在籍中に専門書を一冊上梓《じょうし》している。『Practice Murder Studies』という題名の本で、直訳すれば『実践殺人学』だ。

やがて大学を卒業し、月澤は帰国した。都内に小さな事務所を構え、輸入代行会社を立ちあげる。

月澤のほか、女性秘書がひとりだけの会社だが、業績は右肩あがりに順調だった。しかし三年後、月澤は突然会社を閉める。そして彼はふっつりと、姿を消した。

二年後。警察官連続殺害事件が発生する――。

ここまでつまびらかになり、しかし月澤の過去に、警察官連続殺害事件の動機は見当たらない。霧に包まれた動機について、様々な憶測が飛び交っていく。

各現場に残された血文字に動機が潜む。そう見るむきが多かった。五つの血文字に隠された謎を解けば、月澤の動機が解るというのだ。しかし未だに解いた者はいない。

月澤は整った顔立ちで、一片のぜい肉さえなく、身ごなしに優雅さが漂う。

月澤への報道が多くなるにつれ、月澤のファンを公言する若い女性が出現した。鮮やかに過ぎる殺人の手口に、月澤を称賛する男性も現れる。月澤をあがめる者さえ出、日々数は増えた。そしてネットで集い始める。

犯罪の天才と月澤のことを書く記事もあり、五人殺しの容疑者ながら、月澤は一種奇妙な人気に包まれていった。

やがて裁判が始まり、月澤は全面的に自供する。地裁で死刑判決がくだり、月澤は控訴せずに確定死刑囚となる。

かくして「警察官連続殺害事件」の幕は下り、月澤の名は次第に消えた。

13

月澤づきになり、ともかくも百成は警察官連続殺害事件をさらに詳しく知ろうとした。殺された警察官たちの同期や同僚を訪ねたが、彼らの口はひどく堅い。殺害された五人の警察官について、極秘の文書が存在するという話も耳にした。しかし真偽は定かではない。

警察官連続殺害事件において、月澤は犯人しか知り得ない事柄を自供した。だが彼は、物証を一切残していないのだ。状況証拠もなく、目撃者もいない。

ジンジャーエールのグラスに手を伸ばしつつ、百成はそっと月澤を窺った。

果たして月澤は犯人なのか。犯人だとして、なぜ五人を殺害したのか。

百成の思いを見透かしたのだろう。月澤の口元に、切れるような笑みが浮く。その笑みを消さずに月澤は口を開いた。

「おれの闇を覗きたければ、試しに人を殺すことだ」

本気とも、からかいとも取れる月澤の声だ。

「やめてくださいよ」

ことさらに笑い、百成は冗談で済まそうとした。気を悪くした様子もなく、月澤が口を開く。

「さて、今日のところはこれぐらいだ」

第四章　天誅の夜

1

ひどく殺風景な部屋の中央に机があり、ふたりの男が向かい合わせにすわる。ひとりは二十代で、目元に異様な冷えがある。国広敏男だ。もうひとりは安芸泰治。安芸のうしろには別の刑事が立ち、記録係が壁際の席を占める。

多摩中央警察署の取調室だ。鉄格子の嵌まる小窓から、陽が薄く室内に射す。

取調室の隣の小部屋に、百成完はいた。滝沢政孝捜査一課長や理事官とともに、マジックミラー越しに取調室を覗く。

ややふてくされた面持ちで国広がすわり、安芸はまだ一言も発していない。痛いような沈黙の中、取調室の空気が次第に張り詰める。

「寺河充さんが殺害された日のことを、もう一度お聞かせください」

安芸が口火を切った。

「面倒くせえな」

「まあそう言わず。光石郁太さんを助手席に乗せて、砂川急送を出発したのは何時でした？」

「朝の六時すぎ」

「で、どこへ向かったのです？」

「川口市の工業団地ですよ」

「それ、本当でしょうか」

国広は応えない。安芸が内ポケットから写真を出し、机に並べた。都合四枚。正面と左右、それにうしろから二トントラックを撮影したものだ。

アルミ製の箱形荷台は銀色で、両側面の低い場所に「砂川急送」と、緑色のさほど大きくない字で記してある。

昨日、百成は月澤凌士と別れ、理事官へ連絡を取った。月澤の推理により、国広と光石のアリバイが崩れる可能性が出たことを告げる。

理事官は滝沢捜査一課長の指示を仰いだのち、多摩中央警察署の捜査本部へ向かえと百成に指示した。

百成はその足で多摩中央警察署へ行き、しばし待つうち滝沢一課長と理事官が姿を見せる。彼らはおっとり刀で、警視庁から駆けつけたのだ。小会議室で百成はふたりに仔細《しさい》を報告した。

滝沢捜査一課長を始め、理事官や管理官、所轄署の署長など、捜査本部を仕切る人たちは月澤凌士の存在を知る。さほど多くないが、月澤のことを聞かされた刑事たちもいる。

つまり捜査本部が立ちあがれば、その中には月澤を知る者が複数いるのだ。月澤が百成に語る事柄は、そういう誰かの推理ということにして、捜査会議などで発表する。

国広と光石は畳と血により、殺害現場偽装工作をしたのではないか。

そのことに気づいたのは百成だと口裏を合わせ、それから三人で捜査本部へ入った。安芸刑事を含め、予備班の捜査員が三人いた。理事官が仔細を説明し、百成は予備班の三人とともに車に乗り込み砂川急送へ行く。

国広はまだ仕事から戻っていない。百成たちは近くにひっそり車を停め、待機する。

春の優しげな夕陽が街を染める頃、国広の運転するトラックが帰ってきた。彼が降りて離れるのを待ち、トラックを撮影する。

その足で百成たちは稲城市へ向かい、トラックの写真を手に寺河宅近辺で聞き込みをしたのだ。

そして今朝、捜査員が国広と光石の自宅へ行き、任意同行を求めた。被疑者と参考人の狭間にいるふたりだから、任意といっても強制に近い。だが国広と光石は、割とおとなしく従った。

「あんた、盗撮が趣味なのか？」

トラックの写真に目を落として、国広が言う。取り合わず、安芸が口を開いた。

「寺河充が殺害された日の朝、銀色の箱形トラックが寺河宅の前に停まっていた。ご近所の方がね、そう証言してくれたのです」

「停まっていたのが間違いなくおれのトラックだと、言い切れるのか。二トンの箱車などいくらでもある」

「しかし『砂川急送』と脇腹に記されたトラックは、世に十台しかないのでは？」

国広が目を細めて、安芸を睨む。その視線を軽く受け流しつつ、安芸は目をそらさない。

安芸の老練さに、百成は感じ入った。

寺河宅の近隣住人は「銀色の箱形トラックが停まっていた」と証言したに過ぎない。だが安芸は言葉巧みに、「砂川急送」と記されたトラックが目撃されたと、国広に思わせようとしているのだ。

「仕方ねえ、話すよ」

やがて国広が言った。安芸が無言で先をうながす。

「二週間ほど前の夜。光石とふたりで立川の駅前にいたら、突然声をかけられた。見れば寺河充だ。

見かけたらぶっ殺してやる。ずっとそう思ってきたが、不思議なもので実際に会うと、怒りが込みあげてこねえ。

当時、確かにおれたちは無茶をやった。だがおれも光石も会社や高校を辞めずに済み、小うるせえ寺河は、よその署に飛ばされた。

寺河に感謝する気はさらさらないが、五年も前のことだからな。もういいっていう気になったよ。だから『ああどうも』とか適当に応え、おれたちはその場を去ろうとした。そうしたら驚いたことに、寺河が頭をさげやがる」

安芸が見守る中、国広が問わず語りを続ける。

「五年前は済まなかった。寺河はそう言った。その生真面目さがおかしくてな、おれと光石は思わず笑ったよ。そうしたら寺河も歯を見せて、お前たち真面目に働いているかと、相変わらずの先輩風《かぜ》だ。けれどその言葉を聞き、変に打ち解けちまってな。

話をしたいがこれから所用だ。寺河はそう言い、三月八日の日曜日は、朝から自宅にひとりだから、気が向いたらこいと抜かしやがる。

稲城市の自宅の場所を告げ、寺河は去った。家になんか行くものかと、おれたちは奴の背に舌を出す。

当日の日曜日。午前六時過ぎにおれと光石はトラックに乗り、川口市へ向かった。でも寺河のくそ真面目な顔が、しきりに浮かぶ。

面倒くせえと思いながら、おれは車首を稲城市に向けた。奴の家に着いたのは、七時十分ぐらいか。寺河と二、三十分話して家を出、それから川口の須田鉄工所へ向かったんだ」

と、国広が息を吐き出す。

百成はマジックミラー越しに、その横顔を凝視する。あるかなしかの余裕の笑みが、国広の口元に浮いてすぐ消えた。

立川の駅前で寺河に出くわし、自宅へこいと言われた。そのあたりの国広の問わず語りが立て板に水すぎて、百成は違和感を覚えていた。

今、国広の笑みを見て、百成は確信する。先ほどの話は創作だ。

畳を搬出し、それを荷台に敷くのだから、寺河宅へはトラックで向かうしかない。どの時間帯に寺河宅へ行っても、近隣住民に目撃される恐れはある。

目撃者が出た場合に備え、国広と光石は事前に架空の話を作ったのだろう。

百成と同じ思いを抱くのか。それとも別の思惑があるのか。安芸の表情からは読み取れない。

「あなたはこの前、砂川急送を出て川口市へ直行したと言った。どうして嘘をついたのです?」

静かな口調で安芸が問う。

「あの日寺河は殺されたんだろ。寺河の家に行ったといえば、警察はおれたちのことを必

「寺河充が殺害された日に、因縁浅からぬあなたたちが寺河宅へ行った。そう聞けば、怪しみますよ」

「やっぱりな」

ふてくされた様子で、国広が椅子の背もたれに身を預けた。安芸はじっと国広に視線を注ぐ。穏やかながら、どこか気迫の漂う面持ちだ。

居心地悪そうに身じろぎし、国広が口を開く。

「なあ、刑事さん」

「なんです？」

「おれたちが家にくるかも知れない。寺河充にそう聞いて、誰かがおれたちに罪を着せようと、わざわざあの日に寺河を殺したんじゃないのか？」

「誰かとは誰です？」

「そこまでは解らねえよ。とにかくおれは寺河の家に行っただけで、奴を殺してなんかない」

「そうでしょうかねえ」

「まるで信じていない口ぶりだな。テレビで見たが、寺河が殺されたのは日曜日の昼間だよな」

「ええ」

「いいか、刑事さん。前にも言ったがあの日おれと光石は、川口市の須田鉄工所にいた。瞬間移動でもしなければ、稲城市で寺河を殺すことはできないぜ」

「なにもあなたが瞬間移動する必要はない。被害者を移動させればよいのです」

と、安芸が国広に視線を据えた。真っ向からそれを受け止め、国広がにやりと笑う。

2

捜査本部にずらりと並ぶ長机。その前方の席を百成は占めていた。安芸やほかの刑事の姿がぽつぽつとある。

長机と向かい合う幹部席の中央に、滝沢一課長が陣取っていた。理事官や肝付署長が左右に居並ぶ。

苦い沈黙が、捜査本部に降りていた。落ち着かず、珈琲でも飲もうと百成は席を立ち、そこへうしろの扉が開いた。三十代の男性が部屋に飛び込んでくる。警視庁の鑑識員だ。場の空気が緊張を帯びた。鑑識員は幹部席へ直行し、滝沢の前に立つ。

あれから国広と砂川急送の了承を得て、国広のトラックを多摩中央警察署へ運び入れた。今、鑑識員たちが調べており、彼はその第一報を告げにきたのだ。

「どうだった?」

厳しい面持ちで滝沢が問う。鑑識員が口を開いた。

「荷台内部の床板、壁、天井から、ルミノール反応は出ませんでした」

「そうか」

悔しそうに滝沢が言う。

なにかに血が付着する。その部分を丁寧に洗って何度も拭えば、血痕は消える。だが、すべての血液細胞を除去できるわけではない。

ルミノール液は血液細胞のとある成分に反応し、青白く光るのだ。これをルミノール反応と呼ぶ。血が付着して数度洗濯した衣類から、ルミノール反応が出ることさえある。

三枚の畳を敷けば、それなりの広さになる。充を刺殺する際に慎重を期せば、血が畳を飛び越えて、荷台の床に付着することはないだろう。

「今のところ有力な証拠品も、トラック内から出ていません。さらに作業は続けますが」

「そうか、ご苦労」

滝沢が言った。頭をさげ、鑑識員が部屋を出ていく。

「光石郁太のトラックも、こちらへ運んで調べましょうか?」

「そうだな」

理事官の言葉に応え、滝沢は机に両腕を載せた。両手を握り締め、虚空の一点を睨む。

再び訪れた沈黙の中で、百成はそっとうつむき唇を噛んだ。

トラックの荷台に敷いた畳の上で、充を殺害したのではないか。取調室で安芸は国広に質した。だが国広は頑として否認。

続いて安芸は光石も取り調べた。立川駅で充に声をかけられた。光石はそう言い、国広と同じ内容を語る。

荷台での充殺害を安芸が問い詰め、しかし光石も否定。だが国広と比べて光石には、やや動揺が見られた。

兄貴分の国広にはふてぶてしさがあり、一筋縄ではいかない。しかし弟分の光石は虚勢を張っており、案外もろいのではないか。

取り調べの様子をマジックミラー越しに眺め、百成はそんな印象を抱いた。

「国広と光石、明らかに口裏を合わせていますよね」

と、滝沢が安芸に目を向けた。

「立川駅で充と出くわし、家を訪ねた云々ですよね。あれは作り話です」

安芸が断じた。国広と光石の話は細部までまったく一緒で、逆に不自然なのだ。

「充殺害に無関係ならば、事前に作り話など用意しない。国広と光石の事件関与は明白だ」

滝沢の言葉に、左右の幹部たちが首肯した。

「しかし証拠が出ない。安芸さん、取調室でもう一押しすれば、どちらか吐きますかね」

「馬脚を現すとすれば光石でしょう。だがこちらに手札がなければ、光石を攻めきれません」

「そうですか」

と、滝沢が口をつぐむ。

すぐ先にゴールがあるのに、立ちはだかった壁が邪魔をする。壁は壊せそうなのに、手をこまねくしかない。そんなもどかしさに百成は包まれた。

滝沢を始め捜査本部の人たちは皆、それぞれの持ち場で能力を発揮している。しかし自分は月澤の耳目でしかない。刑事ではなく使い走りなのだ。

百成は情けなくなり、そこへ寺河優と寺河望美の痛々しい様子が脳裏をよぎった。表情を引き締めて、百成は腰をあげる。自分の非力を嘆いても、事件は解決しない。刑事の矜持など捨て去り、犯人逮捕のためにやるべきことをやる。それが情けなくてもいいではないか。

百成は捜査本部を出た。総務課に断って、取調室の隣の小部屋に入る。取調室と小部屋には誰もいない。ひとりになり、この部屋から見た国広と光石の様子を反芻し、百成はスマートフォンを取り出した。月澤の携帯へ発信する。

「よう」

機嫌のよさそうな、月澤の声だ。昨日、月澤と別れてからこれまでのことを、百成は詳しく語る。

「これからこっちへこないか？　色々と解ったぜ」

百成の話を聞き終えて、月澤が言った。

3

いつものようにグラスを軽く持ちあげ、百成はジンジャーエールで喉を湿らせた。向かいのソファで月澤が、優雅にシャンパンをあおる。脳科学医療刑務所十階、月澤の独房だ。

この部屋で百成と会う時、たとえ午前中でも月澤は必ずシャンパンを飲む。けれど普段、あまり酒を口にしないのではないか。

この十階にある専用のジムで、好きなクラシック音楽を聴きながら、月澤はひとり黙々と汗を流しているはずだ。服の上からでも知れる鍛え抜かれた肉体が、それを物語る。

適度なアルコールは脳を活性化すると月澤は言う。けれどほんとうはストイックな本性を隠すため、百成の前で気だるげにシャンパンを飲むのではないか。

グラスを置き、月澤が口を開いた。

「天誅下し人事件、知ってるよな」

「え？　はい」

突然の言葉に戸惑いながら、百成は首肯した。捜査には携わっていないが、天誅下し人事件のことは耳にしている。

「あらましを話してくれ」

月澤の言葉にうなずき、百成は記憶を手繰《たぐ》って口を開いた。

四年前の二月。深夜、府中市内の公衆電話から一一〇番通報があった。くぐもった男性の声で同市内のとある場所を告げ、そこへ行けという。

悪戯かも知れないが、ともかくも警ら中のパトカーがそこへ向かった。到着すると若い男性がひとり、倒れている。

若者は気を失っており、四肢に打撃痕が多数。警察官は消防へ連絡を取り、若者は病院へ運ばれた。大怪我を負っていたが命に別状はなく、回復を待って警察は事情を訊く。

若者の証言によれば、突然四人組に囲まれたという。四人とも黒い帽子を深くかぶり、黒いサングラスをかけ、バンダナで鼻から下を覆い、顔はほぼ見えない。みな黒いカーゴパンツを穿き、黒いMA－1を着ていた。

「われらは天誅下し人」

男性のひとりがそう言い、背後から鉄パイプを取り出した。残る三人のうち、ふたりがそれにならう。

男性たちが若者に襲いかかった。鉄パイプで両足を殴打され、若者はくずおれる。逃げることなどできず、ともかくも両手で頭部をかばった。

三人の男性は、鉄パイプで若者をめった打ちにする。

襲撃は一分ほどで終わり、立ち去る四人の足音を聞きながら、若者は気を失ったという。

およそ三週間後。八王子《はちおうじ》市内の公衆電話から、くぐもった男性の声で一一〇番通報があった。男性の告げた場所へ警察が行けば、若い男性が倒れている。

三月には国立《くにたち》市、四月に入って国分寺《こくぶんじ》市と、同様の事件が続く。

被害者は誰しも気絶したわけではなく、意識があれば自らの携帯で警察へ助けを求めた。だがいずれの場合も、くぐもった男性の声で公衆電話から、一一〇番通報があった。

四人組が若者を取り囲む。主犯格らしき男性が「われらは天誅下し人」と名乗る。四人のうち三人が鉄パイプで襲撃する。見張り役なのか、ひとりは手を出さない。

殺害するつもりはないらしく、頭部や胸部は狙わない。主に手足を鉄パイプで殴打し、わずか一分程度で去る。

天誅下し人事件の、これが犯行手口だ。およそ一年の間に東京都の多摩地区で、十人が大怪我をした。

一分とはいえ、鉄パイプを手にした男性らに襲われるのだ。被害者はかなりの深手を負う。放置されれば命の灯火は消えていき、冬場は凍死の可能性さえある。

それらを防ぐため、犯人は襲撃後、公衆電話から一一〇番通報するのだろう。

被害者は誰しも若い男性で、彼らのほとんどに暴行や傷害の前科があった。前科のない被害者も、ひどく素行が悪い。

四人組に襲われても脛《すね》に傷があり、警察に届け出ない被害者が、ほかにいたかも知れない。

天誅と口にするだけあって、四人組は問題のある若者しか襲わない。そして襲撃後、一一〇番へ連絡する。事件が続くにつれてそれらが解り、四人組を支持する人たちも出た。

しかし犯罪は犯罪だ。合同捜査本部が設置され、警察は懸命に捜査した。けれど四人組の身元は判明せず、被疑者すら浮かばない。ひとけのない深夜、わずか一分の襲撃だから、目撃者もなかなか出ない。

「翌年の二月九日。常村英次という若者が、日野市内の路上で被害に遭いました。四人組に突然襲われたそうです。

手口から見て、捜査本部は天誅下し人事件と断定。それ以降事件は起きず、今もって犯人は捕まっていません」

百成は話を結んだ。

「ありがとう。さて、百成。プレスティシモだ」

月澤が言った。姿勢を正して、百成は身構える。月澤が口を開いた。

「寺河充の性格を一言で表せば？」

「正義感が強い」

「充が立川警察署の生活安全課に配属されたのは？」

「平成二十二年四月」

「生活安全課から日野警察署の交通課へ異動になったのは？」

「平成二十二年十一月」

「天誅下し人事件が起きたのは？」

「平成二十三年二月」

「充にとって国広と光石は？」

「高校の後輩」

「仲間が覚せい剤で逮捕された。取調室で安芸がそう言った時、国広の反応は？」

「『おれはやっていない！』と語気を強めた」

「よし、アダージョだ」

月澤が言った。

プレスティシモは「極めて速く」、アダージョは「緩やかに」。どちらも音楽用語だ。

月澤の質問に極めて速く応えたあとで、百成は緩やかに思いを巡らす。

「君の脳裏に、ひとつの光景が浮かぶ」

魔法を唱えるように、月澤が囁く。百成の頭の中に、じわりと情景が浮かびあがってきた。

寺河充、国広敏男、光石郁太、それにもうひとり、顔の輪郭が定かではない男。その四人が夜の闇に身を潜めていた。

四人とも黒いカーゴパンツを穿き、黒い帽子をかぶり、黒いサングラスをかけ、鼻から下はバンダナで覆い、黒いMA－1を着る。

前方から柄の悪そうな若者がひとり、歩いてきた。

「行くぞ」

背に鉄パイプを隠しながら充が言い、国広たちがうなずく――。

「………」

自らの脳裏の映像が衝撃に過ぎ、百成には言葉がない。月澤が口を開いた。

「五年前。寺河充は立川警察署の生活安全課に配属された。

正義感の強い寺河充にとって、少年たちを指導する少年係は適職だったのだろう。街に屯《たむろ》する危なげな少年少女たち。充は彼らに厳しく当たった。

しかしそのやり方に、検察から苦情がくる。署内でも充の捜査方法に疑問の声が出た。

上司に注意され、警察は若者にきつく当たるべきだと充は反駁、日野警察署交通課へ異動になる。

立川警察署の生活安全課にいた時、充は国広と光石に出会った。彼らが高校の後輩だと知り、充はふたりに特別目をかけた。

やがて国広と光石の仲間が、覚せい剤取締法違反で逮捕される。

一昨日。安芸が取調室で逮捕当時のことを話すと、国広は余裕を装う笑みを消し、語気を強めて否定した。

その態度から推測するに、当時国広と光石は、覚せい剤をやっていたのではないか。しかし高校の先輩である充が、ふたりの罪を揉み消した。

国広と光石は充に助けられ、同時に弱みを握られた。国広と光石は喧嘩に慣れて、それなりに腕も立つ。

ほかにもうひとり、仮にXと呼ぶが、充、国広、光石はこのXとともに、私的制裁集団を結成した。かくして天誅下し人事件が起きる。

稲城市に住み、立川警察署と日野警察署に在籍した充。立川を根城にする国広と光石。土地勘のある多摩地区で、彼らはリンチを繰り返した」

百成はわずかに首をひねった。

「そう、推論に過ぎない」

ソファに背を預け、月澤が両手を広げる。

警察官の充が天誅下し人事件を起こした。それを認めたくなくて、思わず首をひねったが、百成には反論の言葉がない。いくつかの事柄を紡《つむ》ぎ、大きく飛躍させた月澤の話だが、すんなり耳に入ってきたのだ。

月澤が言う。

「高校の先輩で現職警察官の充を、国広と光石が誘って私的制裁集団を結成した。それは少し考えづらい。充、またはXが、国広と光石に声をかけた。あるいは脅して仲間にした。そんなところだろう。これも推測だが」

「いえ、月澤さんの話どおりだと思います。それでXとは、誰なのでしょう?」

「まだ解らない。候補者はいるがな」

「誰です?」

思わず百成は身を乗り出す。取り合わず、月澤はグラスに手を伸ばした。軽くシャンパンを飲み、口を開く。

「X、充、国広、光石が天誅下し人事件を起こしたとおれは見て、君も賛同してくれた。しかし証拠はない。そこで百成」

「なんでしょうか」

「君が光石を取り調べてみればどうだ？　気の弱そうな君を見て、光石は油断するかも知れないぜ」

そう言って、月澤はにやりと笑った。

気弱な刑事に見せかける。そんな百成の作戦など、とっくに見透かしていたのだろう。

「光石の前で、わざと震えてみせるとかな。目つきはそう、捨てられそうな子犬の目だ。ここで練習していくか？」

「酔ったのですか、月澤さん」

少し反撃したくなり、百成はそう言った。

「かもな。百成、君は酔うとどうなる？」

「それは……」

百成は言い淀む。しかし月澤はソファにもたれ、百成の言葉を待つ様子を崩さない。仕方なく百成は口を開いた。

「気がつくと、号泣しています」

「泣き上戸か」

「はい。一緒に飲む友人たちによれば、『パトラッシュ』といきなり叫び、それから泣き出すらしいのです。私はもう酔って、そのあたりの記憶はないのですが……」

「『フランダースの犬』が好きなのか？」

「アニメのDVD-BOX、持ってます」

「そうか」

「はい。子供の頃、家で大きな犬を飼っていました。私にとってその犬は、親友だったのです。犬小屋もとても大きく、学校で嫌なことがあると私、犬小屋に入り込んで色々と犬に打ち明けたりして……」

「百成」

「はい？」

「疲れたろう。僕も疲れたんだ」

と、月澤が『フランダースの犬』の名台詞《めいぜりふ》を語る。

「やめてください！」

涙腺が緩むのを覚えながら、百成は言った。月澤が呵々《かか》と笑い、ゆっくりグラスに手を伸ばす。すっかりからかわれ、百成は酒の肴という格好だ。

「さて、話を戻すか」

シャンパンを一息に飲み、笑みを引いて月澤が言う。

「ふたりの人物に会ってほしい」

4

いつの間にか、日脚がずいぶん延びた。夕暮れの街を百成は行く。光石への取り調べを終え、すぐにこの日野市へきたのだ。

犬を散歩させる人が行き交い、ふっとどこからか夕餉《ゆうげ》の匂いが漂う。そんな住宅街をしばらく歩けば、目指す家が見えてきた。百成は歩度を速め、その一戸建ての前で足を止める。

「常村」という表札を確認し、百成はインターフォンを押した。ややあってから女性の声がする。百成は身分と名を告げた。

「お待ちください」

と、インターフォンが切れた。玄関扉が開き、中年女性が姿を見せる。サンダルを突っかけて、門前の百成のところへきた彼女の顔は、はっきりとこわばっていた。

「常村英次さん、ご在宅ですか?」

身分証を見せながら、百成は訊いた。女性がうなずく。

「失礼ですが、あなたは」

「英次の母の定子《さだこ》です」

その女性、定子が応えた。門を開け、百成を招じ入れる。

百成は和室にとおされた。茶を振る舞い、定子が百成の向かいにすわる。五十前後だろうか。生活に倦《う》み疲れ、弾みや潤いをなくした様子だ。

「あの事件のことでしょうか」

百成はうなずいた。

三年前、日野市内で天誅下し人事件が起きた。その被害者が常村英次だ。英次が襲撃されたあと、天誅下し人事件は発生していない。

「あの子、すっかり変わってしまって……」

と、定子がうつむく。

「まずは英次さんに、お話を伺いたいのですが」

百成の言葉に定子は、ゆっくり腰をあげた。百成を二階に案内し、廊下の途中で足を止める。

目の前の扉を定子は叩いた。返事はない。

「英次、開けて頂戴」

定子が言う。ほどなく解錠音が聞こえ、扉が開いた。二十歳前後の若者が顔を出す。常村英次だ。

「警察の方よ。あなたと話がしたいって」

ちらりと百成を窺い、英次は応えない。

「突然済みません。よろしければ当時のこと、お聞きしたいのです。できればふたりだけで」

落ち着きなく目を泳がせて、それから英次はうなずいた。心配顔の定子を残し、百成は英次の部屋に入る。さほど広くない洋間だ。英次がベッドに腰かけ、百成は机の椅子を借りてすわった。

うつむきがちの英次を、百成はさりげなく観察する。

ここへくる前、百成は事件の資料を調べ、英次の顔写真をパソコンの画面で見た。目の前の若者は間違いなく英次なのだが、相当の変貌がある。

三年前と比べて、英次はひどく瘦せた。その顔は青白く、シャツから覗く腕も白い。当時、英次はなかなかの悪党だったらしいが、目の前の彼は百成を睨むでもなく、強がるでもなく、怯えの様子を隠そうとしない。

机の端に、白い袋が載っていた。百成はそちらに目を向ける。心療内科の薬袋だ。

「いきなり襲われて、驚いたでしょうね」

と、百成は水を向けた。英次の顔が恐怖に翳《かげ》る。

「……と思った」

小声で英次が言う。聞き取れず、百成は首をひねった。

「死ぬと思った」

少しだけ声を強めて、英次が言った。百成は無言でうなずく。

「あんな目に遭うのはもう嫌だから、あんまり外に出ていない」

そう呟く英次に、夜の街を闊歩したというかつての面影はない。

「事件について、お訊きしたいことがあります。おつらいとは思いますが、お応えくださいますか?」

英次がうなずく。

「左に工場、右手に公園の暗い道で、あなたは四人に取り囲まれた。そのうちの三人が、鉄パイプで襲ってくる」

ぞくりと背を震わせて、英次がうめく。しかし訊くしかない。百成は話を継いだ。

「あなたは転び、必死で頭部をかばった。男たちは容赦なく鉄パイプを振るう。しかし彼らの手がふいに止まった。それはどうしてでしょうか?」

「どうして……」

「何かが起きて、男たちは襲撃を止めたのではないですか?」

「光だ。何かの光がきた」

事件当時、英次は警察の聞き取りに対し「ふいに強い光がきて、男たちの手が止まった」と応えた。

だが当時の捜査員は光について、英次に突っ込んだ質問をしていない。直後英次は気を失っており、強い光は英次の裡で起きた気絶の前兆だと思ったらしい。

「なんの光です？」

月澤に成り代わり、百成は問うた。髪に両手を突っ込んで頭を抱え、懸命に記憶を手繰る様子を英次が見せる。

やがて英次が動きを止めた。そして言う。

「自動車のライトだと思う」

この言葉がどういう意味を持つのか、百成には解らない。だが、ともかくも新証言を引き出せた。百成は内心うなずき、しかし慎重になれと自戒する。月澤によれば、ここからが肝要なのだ。

「現場に自動車がとおりかかり、男たちは襲撃の手を止めた。そういうことでしょうか？」

「多分……。いや、そうです。公園の向こうから車がきた」

「あなたはそちらに目を向けましたか？」

「そう、そうだ。気を失う前、おれはそっちをちらっと見た」

「どういう車でした？」

「白い普通の車だと思う」

「そうですか。嫌なことを思い出させてしまい、済みませんでした」

百成は詫びた。

「いや、いいけど」

当時の英次は、かなり悪事を働いた。彼を襲った四人組を、支持する声もあるという。だが目の前の英次は、襲撃によってむごい傷を心に負った。その傷は恐らく癒《い》えず、英次から恐怖と怯えは生涯去らない。

「あなたを襲撃した犯人は、必ず捕まえます」

百成は言い切った。驚きの面持ちで英次がこちらを向く。その視線を百成は、柔らかく受け止めた。

5

部屋の一角を仕切りで区切っただけの、簡単な応接室。そこに置かれた粗末なソファに百成は腰かけていた。立川市内の砂川急送だ。

常村宅を辞したあと、ここへきた。空を染めた残照はすでにない。外は暗く、窓ガラスには百成の顔が映る。

仕切りの向こうには机がいくつかあって、社員がふたり残っているはずだ。百成を意識しているのか、彼らの話し声は聞こえてこない。不自然な沈黙が冷たい静寂を招く。百成は先ほどから、それに耐えていた。

と——。

引き違いの玄関扉の開く音がして、戻りましたという男性の声が聞こえた。

「梨野君、お疲れ様」

社員のひとりが応える。仕事に出ていた待ち人が、ようやく戻ってきたらしい。百成は腰をあげた。三十代前半の小太りの男性を伴い、社員がこちらへくる。

「お仕事から戻ったばかりのところ、済みません。警視庁捜査一課、百成完といいます。あの、失礼ですが」

「梨野です、梨野史朗《しろう》」

小太りの男性、梨野がそう応えた。快活さは微塵《みじん》もなく、不摂生が面貌にはっきり出ている。

「少しお話をお伺いしたいのですが、よろしいですか」

「別の刑事さんに、この前色々訊かれたけど」

「同じことを何度も訊くのが警察でして。ご協力、お願いします」

「まあ、いいけど」

と、戸惑いを見せつつも、梨野がうなずいた。社員に退出してもらい、テーブルを挟んで向かい合わせに、百成と梨野はすわる。

「いいですか？」

そう言って、梨野は煙草の箱を取り出した。百成がうなずくと、銜《くわ》え抜いて火をつける。その手元にわずかな緊張があった。

梨野が煙を吐くのを待って、百成は口を開いた。まずは国広や光石の人となりを訊く。

「おれたち一匹狼《いっぴきおおかみ》だから」

少し誇らしげにそう言って、梨野が語り出した。

砂川急送は社員の独立性が強い。それぞれに馴染《なじ》みの荷主を持ち、ほかの社員と交わらず、各自仕事をこなす。

光石は高校卒業後、先輩である国広の口利きで砂川急送に入社した。たとえば須田鉄工所の仕事など、砂川急送では例外的に、国広と光石はふたりで仕事をすることが多い。光石のために、国広が荷主から新しい仕事をもらうこともあった。

だがそれ以外の社員たちに、同僚という意識は希薄だという。

「全員車通勤だから、飲み会とかないし。仕事で一緒に汗かいたこともないから、国広や光石のことはよく解らない」

そう結び、梨野は二本目の煙草に火をつけた。

先ほど梨野も言ったように、別の刑事が砂川急送の社員たちから、すでに聞き取りをしている。みな、梨野と似たようなことを話し、百成はその情報をすでに得ていた。百成にとって、本題はここからなのだ。

「ところで梨野さん。三月八日、あなたはなにをしていました?」

この日の午前十一時から午後一時、寺河充は殺害された。

不興顔で、梨野が押し黙る。沈黙がきて、机で聞き耳を立てているであろう社員の気配が伝わってきた。

国広と光石を除く砂川急送の社員たちに、今のところ充との接点は一切ない。だから捜査員たちは、梨野にアリバイを訊いていない。

「おれを疑ってんのか? 言っておくけどおれ、殺された寺河なんとかって人、見たことも会ったこともないから」

梨野の声が尖った。

「いえ、違います。あなたのトラックは、第二駐車場に停まっていますよね。向こうには国広さん、光石さん、それにあなたのトラックだけです。

三月八日、もしもあなたが出社していれば、第二駐車場でなにか見たかも知れない。そう思いまして」

「おれの荷主は日曜休みだから、おれも日曜日は仕事をしない。その日はパチンコ屋へ行ったよ」

と、梨野が話し始めた。

梨野はパチンコが大好きで、用事がない限り毎日曜日、午前十時頃に立川市内のパチンコ店へ行く。そして夕方までパチンコを打つ。昼食は近くの店で済ませるが、それ以外は店から一歩も出ない。

立川にはパチンコ店が多い。新装開店の店があればそこへ、なければその日の気分で、行きつけのどこかのパチンコ店に足を運ぶという。

「あの日行ったのは、オメガワンっていう店だよ」

「おひとりで行かれたのですか？」

「ああ」

「あなたが店にいたこと、証明してくれる人はいますか？」

「やっぱり疑ってんのか？」

「形式的な質問なのです。書類にこれを書き入れないと、不備だと上司に言われて……」

情けなさそうな面持ちで、百成は応えた。眉間《みけん》から険を消して梨野が言う。

「大変だね」

「刑事と言っても、ただの地方公務員ですから」

と、百成は頭を掻いた。少し打ち解けたふうに、梨野が小さく笑う。それから難しい顔になり、口を開いた。

「常連客同士でつるむとか、煩《わずら》わしくて嫌いなんだよ、おれ。だからあの日もずっとひとりで、誰とも口利かずに打っていた。店員だって、おれのことは覚えてないだろう。あ、でも店の防犯カメラに、写っているかも知れない」

6

開栓したシャンパンを、月澤がグラスに注ぐ。いかにもおいしそうな音とともに、芳香が漂ってきた。月澤の独房だ。いつものように百成はソファにすわり、向かいの席に月澤がいる。

月澤は昨日、珍しく酔ったふうな様子を見せた。いつかここで月澤と酒を酌み交わし、事件以外のことだけを語らうのもいい。

そんなことを思いながら、百成は自分のグラスにジンジャーエールを注いだ。

「さて、聞かせてくれ」

グラスを手に月澤が言う。

「はい」

そう応え、百成は話し始めた。

昨日、月澤の独房を出た百成は、特別矯正監の早坂群一に報告を済ませ、脳科学医療刑務所をあとにした。多摩中央警察署に直行する。

着いて五階の捜査本部に入ると、部屋の空気が重い。百成が月澤と会っている間、鑑識が国広と光石のトラックを徹底的に調べたはずだ。しかしルミノール反応や物証は出なかったらしい。

幹部席には滝沢捜査一課長たちの姿があった。滝沢がこちらを見たので、百成は目礼と目配せをする。

やがて滝沢と理事官が、部屋をあとにした。百成もさりげなく捜査本部を出る。小会議室で滝沢たちと合流し、百成は月澤の推理を詳しく述べた。

寺河充、国広敏男、光石郁太、正体不明のX。この四人が天誅下し人事件を起こした可能性が高い。

そう聞いて、理事官は苦い面持ちになった。現職警察官であった寺河充が事件を起こしたとなれば、警察の不祥事だ。そのあたりの憂慮がはっきり顔に出た。

「われわれの仕事は単純だ。事件が起き、犯人を追う。それだけでいい」

滝沢が言った。そのあとで理事官に命じ、捜査本部にいた江良《えら》という刑事を呼ぶ。

江良は警視庁捜査一課の熟練刑事で、月澤の存在を知る。天誅下し人事件云々の推測は江良の発想だと口裏を合わせ、百成たちは小会議室を出た。

捜査本部に戻って滝沢が事情を話すと、捜査員たちは複雑な面持ちを浮かべた。だが、ともかくも天誅下し人事件という新しい手札を得たのだ。ふたりを取り調べることになり、小会議室での打ち合わせどおり、まずは百成が光石と取調室で相対した。

あちこち破れたジーンズを穿き、派手な和柄の黒いシャツ。そういう身なりの光石は目つきが鋭く、短い髪を金色に染めていた。獰猛さを隠そうとせず、百成の向かいの席に着く。

見るからに気の弱そうな百成を見て、意外さと嘲笑が光石の面持ちに表れた。

「油断させるところまでは、うまく行ったのですが……」

百成は言った。グラスを手に、月澤が楽しげな様子で先をうながす。

まず、百成は世間話から入った。百成は二十九歳で、光石は二十二歳。取り巻く文化が微妙に違う年の差であり、話はまるで合わず、光石は退屈そうな様子を見せた。

やがて光石はあくびを嚙み殺し、その油断に切り込むべく、百成はさりげなく天誅下し人事件を持ち出す。

瞬間、空気が冷えた。光石が身構えて、真一文字に口を閉じる。それからは百成が何を訊いても応えない。

「天誅下し人事件と寺河充殺害事件。それへの関与を裏づける言葉はなにひとつ、得られませんでした」

と、百成は肩を落とした。

「天誅といえば聞こえはいいが、実際には殺人未遂罪だ。これが十件に、寺河充の殺害。その罪状で起訴されれば、裁判の果てに待つのは無期懲役か絞首台だろう。そう簡単に尻尾は出さないか」

「私のあとで安芸刑事が、光石を取り調べました。私も知らなかったのですが、安芸刑事は取り調べが得意で、捜査一課在籍中は『落としの名人』と呼ばれたそうです。しかし光石は口を割りません。安芸刑事がなにを問うても『知らない』の一点張りです。

続いて安芸刑事は国広も取り調べましたが、光石以上にしたたかでした。安芸刑事を相手に、完全黙秘したのです。

別の刑事が取り調べましたが、結果は同じでした。今回は任意同行ですので、それで国広と光石を帰しました」

「そうか」

と、月澤がグラスに手を伸ばす。百成もジンジャーエールで喉を湿らせた。小さな沈黙のあとで、百成は口を開く。

「そのあと月澤さんの指示どおり、常村英次に会ってきました」

百成は詳細を語った。

「常村が見たという強い光。その正体をよく聞き出してくれたな」

「いえ、そんな」

「砂川急送へも行ってくれたのか？」

うなずいて、百成は梨野のことを話した。

「彼が行ったというオメガワン。梨野の写真を手に、そのパチンコ店で聞き込みをしましょうか？　防犯カメラの映像が残っていれば、それを確認することもできます」

「そこまでしなくていい。昨日一日で、よくこなしてくれたな」

「いえ、仕事ですから。あの月澤さん」

「どうした？」

「天誅下し人事件を起こしたもうひとりの人物。このXについて候補者がいると、昨日言ってましたよね。梨野がそうなのですか？」

「さあな」

はぐらかし、月澤がグラスを手にした。シャンパンを飲みながら沈思する。

月澤の邪魔にならないよう、百成は息を潜めた。そして何気なく、ホームバーへ目を向ける。

ガラス製のとても美しいチェス盤が、カウンターの端にあった。盤上にはやはりガラス製の駒が、ひとつだけ載っている。キングだ。

盤上にひとつだけ立つキングの駒。その孤高さは、どこか月澤を連想させた。

7

やがて月澤が口を開いた。

「君が常村英次から、新証言を引き出してくれた。もうこれで、間違いないだろう」

そう言う月澤の双眸に闇が広がり、すっと消えた。月澤が話を継ぐ。

「天誅下し人事件が最後に起きたのは、いつだ？」

「平成二十四年の二月九日です」

百成は応えた。

「新見征司が自動車事故で死亡したのは？」

思いがけない名が突然出た。

「私、奈南」という留守番電話の伝言をきっかけに、新見家で声にまつわる事件が起きた。その話を多摩中央警察署に持ち込んだのが新見奈南。新見征司は奈南の父親だ。

歩道設置工事のため、ガードレールが一時的に外された道があった。征司の運転する車はそこから飛び出し、崖下へ転落。征司は即死したという。

手帳を取り出し、百成は頁《ページ》をめくった。それから口を開く。

「新見征司さんが亡くなったのは、平成二十四年、二月九日です。え？」

顔をあげ、百成は月澤を凝視する。

「同じ日だ。天誅下し人事件はどこで起きた？」

「日野市内です」

「新見征司の事故現場は？」

「多摩市です」

「両市の位置を調べてみろ」

うなずいて、百成は鞄に手を伸ばした。Ａ４の東京都の地図を出す。スマートフォンでも地図は検索できるが、ペンで色々書き込めるから、百成は地図帳を持ち歩く。

頁を開き、百成は息を呑む。どちらも多摩地区だから近いとは思ったが、日野市の東隣が多摩市なのだ。

「征司の事故現場は多摩市和田だ。そのあたり、新見奈南はどう話していた？」

月澤が言った。奈南の言葉を思い起こし、百成の背に軽い戦慄が走る。

事故当日、新見征司は墨田区の自宅から、両親が住む実家へ向かっていたという。だが、墨田区の団地から征司の両親宅へ行く場合、和田のあたりはとおらない。

ドライブがてら、征司は少しだけ寄り道したのだろう——。

奈南はそう語った。百成の口からはもう、言葉が出ない。嫌な予感が込みあげて、それを呑み込むのに精一杯なのだ。

月澤が言う。

「三年前。寺河充、国広敏男、光石郁太、Xの四人は常村英次を襲撃した。しかし車でとおりかかった男性に目撃される。この男性こそ新見征司だ。

一一〇番通報されるのを怖れ、彼らは征司を捕まえた。充は警察官だから、柔道を習っている。彼が絞め技を使い、それとも誰かが別の方法で征司の意識を奪う。

常村英次は気を失い、すでに襲撃は終わった。深夜の犯行だから、四人組の足は車だ。少し離れた場所に停めたであろう彼らの車。それに征司が乗っていた車。四人はこれらに分乗し、意識を奪った征司を連れて現場を離れた。

多摩市内の崖沿いのとある道には、一時的にガードレールがない。日野市の交通課に勤務し、近隣の道路事情に詳しい充がそれを知っていた。それとも四人の誰かが、その道をとおったことがある。

可能性はいくつかあるが、二台の車で彼らはそこへ行った」

シャンパンを軽く飲み、月澤が話を続ける。

「誰が言い出したのか解らないし、葛藤《かっとう》もあっただろう。それらは省き、四人の行動だけを追う。

まずは征司の車を、緩やかなカーブの手前に停める。次いで意識を奪ったままの征司を、運転席にすわらせる。

国広が助手席に乗り込み、征司の右足をアクセルに載せて、ギヤをドライブに入れる。引いてあったサイドブレーキを戻し、国広は急いで車から脱出した。

ギヤはドライブだから、車は勝手に動き出す。アクセルに載せた征司の足の重さも多少手伝い、車は徐々に速度を増す。

緩やかなカーブを直進する格好だ。車はじわりと車線をそれて、道の端へ向かう。そこにあるはずのガードレールはない。ほどなく車は道から飛び出し崖下へ転落、乗っていた征司は即死した。

交通課に籍を置き、自動車事故の処理に手慣れた充がいる。彼が指示すれば、不自然な点を残さずこれらの遂行が可能だ。

充が絞め技で、征司の意識を奪ったとしても、柔道の要領で襟《えり》を摑んで行えば、手の痕は残らない。

一見して事故死なのだから、検視は念入りではなく、死体も解剖にまわされない。征司の死因は全身打撲。首のまわりの絞め痕は、体中の傷に紛れて見つからなかった」

「しかし……」

と、百成はうめいた。月澤が身を乗り出し、両肘をテーブルに突く。両手を握り合わせて、百成を凝視した。その瞳には冷えがある。

痛いような沈黙がきた。グラスの中で立ちのぼる、シャンパンの泡の音さえ聞こえそうだ。

「四人組に襲撃された常村は、白い車を見たと証言。新見征司は白いアコードを運転し、とおるはずのない場所で事故死した。同じ日の夜に、隣接する市でそれらは起きた。これを偶然で片づけるのか」

切るように月澤が言い、百成の胸に痛みが走った。月澤の話は事実なのだ。百成にもそれは解っている。

「交通課で培《つちか》った経験を悪用し、偽装事故に見せかけたなんて」

しかし百成はそう応えた。

「同じ警察官として、充の罪を認めたくない。そういう君の思いは解る。だが感傷に浸《ひた》りたければ、別の場所でやってくれ。そしてそう、ここには誰か代わりを寄こすんだ」

にべなく月澤が言った。

自分は刑事なのだ——。

一瞬の衝撃のあとで、百成の裡にそういう思いが湧く。手厳しい月澤の言葉で、逆に吹っ切れたらしい。

刑事の目で冷徹に事実を見つめ、一刻も早い事件解決を目指す。

決意が顔に出て、百成の表情が変わったのだろう。ふっと月澤が口元を和らげた。そして言う。

「さらにサングラスが両事件を繋ぐ」

「サングラス、ですか？」

そう口にして、すぐに百成は思い出す。

新見家で起きた、奈南の声にまつわる事件だ。月澤はあの事件をほぼ解決、しかしひとつだけ「サングラスの謎」が残った。

なぜ、資源ごみ回収業者に化けた犯人は、新見征司の遺品であるサングラスを丁寧に拭いたのか。

そしてサングラスといえば、天誅下し人事件だ。襲撃事件を起こす際、寺河充たちはサングラスをかけた。

繋ぐ――。

その月澤の言葉が、百成の中で次第に大きくなる。

「同一犯……」

やがて百成は呟いた。

奈南の声の事件を起こしたのは、充たちかも知れない。

奈南によれば、空き缶回収にきたふたり組は、慣れた様子で箱を搬出したという。これは国広と光石ではないか。運送会社に勤める彼らは搬出や積み込みに習熟する。

新見征司を殺した充たちが、のち、奈南の声の事件を起こした。

そう考えても、違和感はない。しかし新たな疑問が湧いた。充たちが声の事件の犯人だとして、なぜおもちゃの箱と空き缶を欲したのか。征司を殺害したあと新見家の様子を探り、征司の蒐集品を知って金目当てに奪った？百成は首を横に振る。征司殺害は秘中の秘にしたいはず。おもちゃの箱が金になるとして、そのためわざわざ、新見家に乗り込むはずはない。

いずれにしても、事件は新たな局面を見せ始めた。恐らくここからが、正念場になる。

「百成、確認してほしいことがいくつもある。忙しくなるぜ」

「はい」

百成は大きくうなずいた。

8

座卓を挟み、百成は新見奈南と向かい合っていた。墨田区にある新見家の和室だ。

奈南は春色のセーターにジーンズ姿で、多摩中央警察署で会った時より、活発そうに見える。

母親の新見久子は出かけており、家には百成と奈南しかいない。

「先日はお電話を、ありがとうございました」

奈南が言った。

新見家で起きた奈南の声にまつわる事件を、月澤が解いた日。脳科学医療刑務所を出た百成は、奈南に電話をかけ、月澤の名は出さずに推理だけを告げた。四日前のことだ。

「いえ」

そう応え、百成は湯飲みに手を伸ばした。奈南がわずかにうつむき、視線を座卓に置く。

刑事の突然の訪問。

それへの戸惑いが、奈南の仕草から滲む。声に関する新見家の事件は、解決済みだ。今更百成が訪問する理由を奈南は知らない。

新見征司は事故死ではなく、寺河充らによって殺害された。そのことはまだ奈南に告げるなと、月澤に釘を刺された。

寺河充殺害事件、新見征司の事故死、天誅下し人事件。これらの繋がりを示す物証は未だなく、捜査本部もまだ発表していない。

「先日奈南さん、多摩中央警察署にお見えになりましたよね。あの時私、とある事件の捜査で、多摩中央警察署にいたのです」

「事件、ですか」

「報道でご存じと思いますが、寺河充という人物が殺害されました」

「確か、警察官の方ですよね」

「はい。奈南さんはこの二月まで、多摩市にお住まいでした。寺河充の自宅は多摩市に隣接する稲城市なのです。今、稲城市や近隣の市を中心に捜査を進めていまして」

と、百成は鞄から写真を出した。奈南に断り、座卓に置く。制服姿の充を正面から写したものだ。

「被害者の寺河充です。多摩市にお住まいの頃、勤めていたコンビニや自宅周辺で、見かけませんでしたか?」

百成がここへきた理由に、少し得心がいった。そんな表情を見せてから、奈南が写真を覗き込む。

小さく開けた窓から、そよと西風が入ってきた。隅田川を渡ってきたらしく、どこか湿り気を帯びた風だ。

その風が部屋から去らないうちに、奈南が口を開いた。

「お店によくきていました」

百成はそっと息を呑む。

奈南に充の写真を見せたのは、月澤の指示だ。

奈南と充の巡り合いは、運命と偶然の狭間にある――。

月澤はそう言った。充と奈南の人生は、やはり交差していたのだ。

「勤めていたコンビニに、客としてきたのですか？」

百成は問うた。

「はい。事件を知らせる新聞やテレビで、この方の顔写真を何度か見たのですが、その時には気づきませんでした。まさかお客さんとは、思いもしなかったので……」

「でしょうね」

「はい」

そう応え、束の間の沈黙のあとで、奈南が話し始めた。

その男性、寺河充を奈南が気に留めたのは、昨年の十月半ばだという。このところ、よく来店すると思ったのだ。

来店回数が増えるにつれ、客の姿は記憶に刻まれる。だから充が最初にきた日は解らない。しかし十月半ばまでに、少なくとも七、八回は見かけている。

店に入るとまず、充は雑誌コーナーへ行く。そこで雑誌をめくり、レジが空《す》いた時を見計らい、ちょっとした菓子類を買っていく。

それだけの客であり、奈南が対応するのはレジ越しの会計時、ほんの一、二分だ。しかしその間、空気が硬くなる。

ただならず、思い詰めた様子が充にあるのだ。実際彼は、なにか言いかけたこともあった。コンビニ強盗を目論むふうではなく、懊悩《おうのう》を抱えたようにさえ見え、だから怖さはない。

「でも正直に言えば、少し気味悪かったです」

と、奈南は結んだ。

「彼の来店は、いつまで続きましたか？」

「私が店を辞める時までです」

昨年十月、奈南が勤めるコンビニに充がかよい始める。

今年一月、新見家の電話に奈南の声の留守番伝言が入った。

今年二月、奈南はアパートを引き払い、墨田区の実家に戻る。

今年三月、寺河充が殺害された。

そういう流れになる。

「何度かレジで接しただけですけれど、その人がもう生きていない。そう思うと、悲しいですね」

奈南が言った。彼女の声には死者への悼みが滲む。だが月澤によればその充こそが、新見征司を殺したのだ。

奈南を騙《だま》している気がして、詫びたい衝動が百成の裡に込みあげた。それを呑み込み、百成は沈黙を守る。

「私の声に始まった奇妙な出来事。それを解決してくれた百成さんが、携わっている事件。その被害者の方が、私のお店によくきてくれた。不思議なご縁を感じます」

百成は曖昧にうなずいた。そして口を開く。

「寺河充の足取りが、少し解りました。ご協力、ありがとうございます」

「お役に立ててよかったです」

「あの、実はもうひとつ、不躾《ぶしつけ》なお願いがありまして」

「はい」

と、奈南が首をかしげる。

「これをしばらくお預かりしたいのですが」

そう言って百成は、仏壇のサングラスを示した。征司が亡くなった際、車の中にあったものだ。遺品として、ほかの品々とともに仏壇に置かれたという。

啞然《あぜん》とした面持ちで、奈南は何も応えない。

「いずれすべて、お話しします。今日のところはなにも訊かずに……」

征司の死に関し、疑念めくものが湧いたのだろうか。奈南の表情がわずかに翳る。それから彼女はうなずいた。

礼を述べ、持参した緩衝素材の袋にサングラスを入れて、百成は新見家を辞した。

近隣への聞き込みは、すでに済ませてある。この地でやることはもうない。百成は曳舟《ひきふね》駅へと足を速めた。今からテレビ局まわりだ。

9

「では、再生しますね」

百成は言った。脳科学医療刑務所十階、月澤の独房だ。向かいのソファには月澤がいて、百成が持つスマートフォンに目を向ける。

百成が操作すると、小さいながらも解像度の高いスマートフォンの画面に、ふたりの女性が映った。新見久子と奈南だ。

ガードレールのない車道。ふたりはそこで、道端に花を捧《ささ》げていた。目を赤く泣きはらし、久子と奈南に生気はない。沈痛の極みというふうで、見ていられないほどだ。

ほどなく画面が切り替わった。報道番組のスタジオに、ネクタイ姿の男性が立つ。痛ましい表情で、彼は新見征司の事故を手短に告げた。そこで動画は終わる。

百成は次の動画を再生した。ほぼ同じ内容の映像が流れる。

昨日百成はテレビ局をまわり、新見征司の事故を報道したのか否か、問い合わせたのだ。

ＮＨＫや民放の報道番組では、全国向けのニュースのあとで、地域ごとに別の内容を報じることが多い。

ふたつの放送局が関東地方にだけ、新見征司の事故を流した。今再生したのは、百成がテレビ局から借り受けた映像だ。三年前の放送だが、幸い保存されていた。

「テレビ局に関しては、以上です」

と、百成はスマートフォンを閉じた。月澤が先をうながす。ジンジャーエールで喉を湿らせ、百成は口を開いた。

「寺河充の写真を手に、新見家と同じ団地に住む人たちに聞き込みしました。

結果、ふたりの主婦から証言が取れました。アパートを引き払った奈南さんが、実家に戻ってきた頃、寺河充らしき人物を近くで目撃したそうです」

「続けてくれ」

「はい。天誅下し人事件の被害者三人に会い、新見家の仏壇にあったサングラスを見てもらいました。

『天誅下し人を名乗る四人組がかけていたサングラスと、同じものだと思う』、『彼らのサングラスに似ている』、『多分四人はこんなサングラスをしていた』とのことです」

「そうか」

と、月澤はグラスに手を伸ばした。静かにシャンパンを口へ運び、視線を遠くへ放つ。一見くつろぐ様子だが、双眸には叡智の光と仄かな憂いがあった。

月澤が口を開く。

「物証はなく、自供もない。だから細部に推測は混じるが、ここまで傍証が揃ったんだ。これから述べる事件の構図は間違っていない」

グラスを置き、月澤が話を継ぐ。

「新見征司は事故死と処理されたのか。偽装を疑う声はないか。それが気になり、征司殺害後に寺河充たちは、新聞やテレビに目をとおす。そして先ほどの映像を見た。悲嘆に暮れる久子と奈南の様子に充は衝撃を受け、天誅下し人の解散を口にする。X、国広、光石がこれに同意し、以降天誅下し人事件は起きない。

素行不良の若者に罰を与える。そう思い、正義感ゆえに結成した私的制裁集団だったが、目撃されて保身に走り、罪のない征司を殺してしまった。

そう思い、自責の念に駆られる充の脳裏に、事故現場で花を捧げる久子と奈南の姿が焼きつく。罪の意識に苛《さいな》まれ、ある日充は征司を殺した現場へ足を運ぶ。人目を避け、心中で手を合わせて詫びる。

充は正義感が強い。征司を殺して事故に偽装したという、自分の中の悪が許せない。せめて詫び続けようと、事故現場へ行く機会を増やす。その場所は？」

「多摩市です」

「三十年ほど前、結婚した征司と久子は、多摩市内の実家近くに所帯を構えた。奈南はそこで生まれ育つ。

やがて新見家は墨田区に転居し、奈南は古巣に戻る格好で、多摩市内にアパートを借りた。近くのコンビニでアルバイトを始める。

征司の死後も多摩市内のコンビニで働く奈南。

征司の事故現場である多摩市に足繁くかよう充。

いずれふたりは、巡り合う運命にあった」

悲しみの詩を詠《よ》むような、月澤の声だ。

「ある日、征司の事故現場へ行った充は、何かを買おうと近くのコンビニへ寄る。するとレジに、生涯充の脳裏から消えないであろう女性がいた。そう、新見奈南だ」

新見家とゆかりのない地で、充は征司を殺したのではない。征司の実家近くで殺した。ゆえに奈南と出会う機会はあったはず。

月澤はそう考え、充の写真を奈南に見せろと百成に命じたのだ。

「奈南を見て、充は目眩《めまい》すら覚えただろう。そして彼は凄まじい葛藤に包まれる」

「征司さんの死の真相を、奈南さんに打ち明けよう。けれど告白すれば身の破滅だ。そう思い、充さんは悩み苦しんだのですね」

ごく自然に百成は、充に敬称をつけた。

「そしてX、国広、光石。この中の誰かが、充の変化に気づいた」

かすかに苦い面持ちを作り、月澤が話を継ぐ。

「これをXだとして話を進めるが、充を不審に思い、Xは充を尾行する。充はコンビニへ行き、そこには征司事故死の報道で映った女性、新見奈南がいた。思い詰めた様子でレジに行く充。それを見てXはどう思ったか？」

「このままではいずれ、充さんは奈南さんに罪を告白する」

「だがそうなれば、X、国広、光石も殺人罪だ。Xは国広や光石を呼び出し、充の様子を告げて頭をひねる。

高い崖の際に立ち、飛び降りるか逃げるか、ぎりぎりのところで悩む。充はそういう状態だ。

充の背を押すようなものだから、告白するなと正面切って止めるのは、危険過ぎる。逆に踏ん切りをつけ、充がなにもかも奈南に打ち明けるかも知れない。

ごくさりげなく、奈南への告白を充が思いとどまるよう、仕向ける必要がある。

殺人罪が暴かれるか否か、X、国広、光石にとって瀬戸際だ。ともかくも状況を把握するため、彼らは奈南の身辺を洗った。まずは墨田区の実家を突き止める。

月命日に実家へ戻る奈南を尾行すれば、これは可能だ。

Xたち三人は実家の様子を調べていく。そしてとある計画を練りあげ、奈南の勤めるコンビニへ行き、彼女の声を録音した」

「やはり充さんの仲間たちが……」

「ああ、新見家で起きた奈南の声の事件。あれを企てたのはX、国広、光石だ。三人で代わる代わるコンビニへ行き、奈南の声を採取。留守電やエアコンで、その声を久子に聞かせた。頃合いを見て、新見家の新聞にチラシを挟む。

ほどなく新見家から連絡がきた。帽子とマスクで顔を隠し、国広と光石はトラックで新見家へ行く。

奈南によれば、トラックに社名は入っていなかった。知り合いの運送業者にトラックを借りた、あるいはレンタカーを使ったのだろう。

国広と光石にとって、トラックの運転や積み込みはお手の物だ。手慣れた様子で作業するふたりに、奈南たちは不審を抱かない」

「そして国広たちは、おもちゃの箱を手に入れた。でも月澤さん、私にはそれが解らないのです」

「誰あろう君の活躍で、おれたちは昨日よりも遥かに多くの情報を得た。それを踏まえれば、答えは鼻先にある」

と、月澤がソファに背を預け、優雅に足を組む。

「そうか！」

束の間の沈思のあとで、百成はついに気づいた。

「そう、あの事件にはもうひとつ、裏があったのさ」

ほろ苦く笑い、月澤がグラスに手を伸ばす。考えをまとめながら、百成は口を開いた。

「奈南さんの声を使い、久子さんを追い込む。見かねて奈南さんは実家に戻ることを決め、そうなれば征司さんが蒐集した空き缶が邪魔になる。

空き缶はおもちゃの箱に仕舞われており、犯人たちは回収業者に化けて、それごと回収する。つまり犯人たちは、高値で売れるおもちゃの箱を狙い、声の事件を起こした。

しかしそれは、見せかけに過ぎなかったのですね。真の目的は奈南さんを実家に帰らせ、多摩市のコンビニ店を辞めさせることにあった」

奈南に告白すべきだが、人生を擲《なげう》ちたくない。そう思い悩む充の目の前から、突然奈南が姿を消す。すると充は心の奥の、自分でも気づかない場所で安堵の息を漏らし、告白を思いとどまる。
X、国広、光石はそう考えたのだ。しかし奈南には真の目的を、毛ほども悟られたくない。そこで彼らはことさらに迂遠《うえん》な計画を立てた。
「おもちゃの箱を回収した時、なぜサングラスを拭いたのか。もう、その理由も解るだろう」

うなずいて、百成は口を開く。

「新見征司さんを事故に見せかけて殺害する際、国広は助手席に乗り込み、引いてあったサイドブレーキを戻し、急いで車から降りました。

国広は慌てており、なにかにぶつかり、サングラスを車内に落とす。しかし車は道端へ動き出しており、回収できません。祈るような思いで、国広は転落していく車を見送ったでしょう。

しかし征司はあっさり事故死で処理され、サングラスのことは話題にのぼらない。

遥々と三年の時を経て、国広は資源ごみの回収業者に化けて新見家へ行く。そして仏壇を見て、愕然《がくぜん》とします。征司の遺品として、自分のサングラスが置いてあるのですから。

恐らく国広は、サングラスを持ち去ろうと思った。けれどサングラスの紛失に久子か奈南が気づけば、征司の事故と自分の関連を疑われるかも知れない。

そう思い、国広はサングラスを手に取り、付着しているであろう自分の指紋を拭き取り、元に戻した」

「そのとおり」

そういえば事故偽装について語った時、助手席に乗ってサイドブレーキを戻したのは国広だと月澤は言った。

ごく自然な話し方だから百成は気に留めなかったが、その役は光石か充、Xだったかも知れない。

それを国広だと言い切った。つまりあの時点で月澤は、サングラスの謎を解いたのだ。

相変わらず月澤は、一歩も二歩も先を行く。

グラスのシャンパンをあおり、すっと目元に闇を走らせて、月澤が口を開いた。

「奈南はコンビニを辞め、墨田区の実家に戻った。X、国広、光石は胸をなで下ろす。ところが充は征司の事故の資料を調べて、新見家の実家を知る。そこへ行けば奈南の姿があった」

と、月澤が百成を見た。百成は口を開く。

「告白すべきか否か、新見家付近で充さんは煩悶《はんもん》。その姿を同じ団地の人が目撃する」

「X、国広、光石も、充の監視は続けただろう。そして充の行動を知る。もはや彼を口止めする方法はひとつしかない」

「だから充さんを、殺したのですね」

暗澹《あんたん》たる思いを込めて、百成は言った。

10

多摩中央警察署の小会議室に百成はいた。滝沢捜査一課長、肝付署長、理事官と管理官。彼らに月澤の推理を語り終えたところだ。

百成が口を閉じ、ブラインド越しに昼下がりの陽光が入る会議室は、ささやかな沈黙に包まれた。

「寺河充殺害の動機が割れたか。しかし物証はなく、国広と光石はなかなかしぶとい」

と、理事官がしじまを破った。

「新見征司の事故を洗い直せばどうでしょうか?」

管理官が理事官に問う。

「征司の事故は三年前。事故車はすでに廃車になり、現場の路面から事故の痕跡はすっかり消えたはずだ。今更証拠は出ないだろう」

「新見宅のサングラスも、駄目だったのだろう」

こちらに顔を向け、管理官が言った。百成は首肯する。

昨夜、天誅下し人事件の被害者たちへの聞き込みを終えたあと、百成はあのサングラスを科捜研に預けた。ここへくる前に寄ってきたが、国広の指紋は付着しておらず、DNA鑑定に繋がる細胞片なども採取できなかった。

「物証が必要だ」

悔しさを滲ませて、理事官が言った。

「物証があれば、国広はともかくとして光石は落ちるかも知れません」

と、肝付署長が腕を組む。ずっと無言を守っていた滝沢が口を開いた。

「月澤がここまで道筋をつけてくれた。あとはわれわれ警察の仕事だ」

六年前。警察官連続殺害事件が起きた時、滝沢は捜査一課の係長だった。滝沢は捜査本部に詰め、誰よりも熱心に犯人を追ったという。被害者のひとりが、滝沢の同期だったのだ。

その犯人とされる月澤が、今では闇探偵として獄中で事件を解決へ導く。月澤の功績はめざましく、彼の推理に沿って警察が動く場面もままある。そのあたり、滝沢はどのような感情を抱くのか。

百成はそっと滝沢を窺った。その横顔からは、なにも読めない。滝沢が言葉を継ぐ。

「月澤の推理によれば、新見家から大量のおもちゃの箱と空き缶を引き取ったのは、回収業者に成りすました国広と光石だ。砂川急送のトラックではなく、知り合いのトラックかレンタカーを使った。

おもちゃの箱の転売ではなく、新見奈南にコンビニを辞めさせるのが真の目的。ならば国広と光石は、新見家から引き取った空き缶入りのおもちゃの箱を処分する。

だが相当の量であり、しかもおもちゃの箱だから、ひとつひとつがそれほど大きくない。山中などに廃棄すれば時間がかかり、目撃される恐れがある。廃棄は違法だから、警察へ通報されかねない。

国広と光石は空き缶入りのおもちゃの箱を、恐らく廃棄物処理業者へ持ち込んだ」

理事官や肝付署長がうなずいた。滝沢が話を続ける。

「捜査員に国広と光石の写真を持たせ、多摩地区から波紋を描くようにして、廃棄物処理業者をしらみ潰しに当たらせる。同時にレンタカー会社へも聞き込みだ」

「しかし課長」

理事官が言う。

「国広と光石は大量の箱と缶を持ち込んだ。そういう証言が廃棄物処理業者から得られたとしても、状況証拠に過ぎません。ふたりの自供がない現状、やはり物証が欲しいと思いますが」

「新見宅のおもちゃの箱、私も見てみたかった。古いものが多いらしく、幼少時に私が買った箱があったかも知れない。そういう箱に出合えれば、懐かしさが込みあげるだろう」

和らいだ滝沢の口調に、百成は首をひねった。感傷に浸る状況ではない。

「私と同じ思いを抱き、国広と光石が持ち込んだ箱のいくつかを、廃棄物処理業者が取っておく。あるいは価値があると踏み、何十箱か処分せずにおく。その可能性、ないだろうか」

「それは……」

と、理事官が首をひねった。滝沢が言う。

「可能性は低いだろう。しかしそこに賭けてみたい。処理されずに箱が残り、征司の指紋が出ればどうなる」

「状況証拠がたちどころに物証へ化けます」

「無論、直接的な殺人の証拠ではない。だが月澤の指示で百成が、いくつも傍証を得ている。

これら状況証拠を積みあげ、空き箱という物証をそれに載せれば、逮捕状請求まで持っていける。そうなれば光石は落ちる。光石が吐けば、国広も口を割るだろう。

組織力と捜査員個々の熱意。われわれ警察が誇るそのふたつで、事に当たろう」

座の全員がうなずいた。

11

崩れた格好をした金髪の若者が、椅子にすわっていた。目の前の机に両肘をつき、両手を握り締め、真一文字に口をつぐむ。向かいの席には初老の男性がいて、じっと若者に視線を注ぐ。

安芸と光石だ。多摩中央警察署の取調室にいるふたりを、百成は隣の小部屋からマジックミラー越しに眺めている。小部屋には理事官と管理官もいた。

窓の向こうで安芸が口を開く。

「寺河充を殺そうと言い出したのは、あなたではないか。刑事の中にはそう見る者もいる」

びくりと光石の背が震えた。

「寺河充殺害事件の主犯として、あなたは検察に送られるかも知れない。それで構わないのであれば、このまま何も言わなければいいのです。物証が出た以上、無理に聞き出す必要はありませんから」

淡々と安芸が言う。

あれから捜査員たちは、駆けずりまわった。片っ端から廃棄物処理業者を当たり、ついに国広と光石が空き箱を持ち込んだ業者を割り出したのだ。

価値があるかも知れない。そう思い、その業者は国広らが持ち込んだ箱の一部を取っておいた。そこから新見征司の指紋が出る。これが決定打になり、国広と光石の逮捕状が取れた。

国広と光石が友人を契約名義人にして、レンタカー会社から二トントラックを借りたことも判明している。

窓の向こうで光石が、苦しそうに顔を歪めた。両手で頭を抱える。安芸は無言を守り、痛いような沈黙が降りた。ふたりのまばたきの音さえ、聞こえてきそうだ。

と——。

「おれは従っただけだ」

光石がうめいた。

「落ちたのか」

百成の横で理事官が、歯の間から言葉を絞り出した。固唾《かたず》を呑み、百成は取調室から目を離さない。

「四年前、ふざけた奴らを懲らしめないかと、寺河充さんがおれと国広さんに持ちかけてきた。覚せい剤の弱みがあって断れなかった」

テーブルに視線を置いて、光石が語る。

「あともうひとりが仲間に加わり、おれたち四人はチームを結成した。まず寺河さんが標的を決め、もうひとりの仲間がしばらくの間、尾行する。そいつが暗くひとけのない場所をとおらなければ、襲撃はあきらめて、次の標的を寺河さんが探す」

「もうひとりの仲間とは誰です？」

「それは言えない。捕まってない仲間を、サツには売れないからな」

顔をあげて光石が安芸を睨む。穏やかな面持ちで光石の視線を受け止め、わずかに目を細めてから、安芸が口を開いた。

「なにかまだ、ありそうですね」

「知らねえよ」

光石がそっぽを向く。

「まあいいでしょう」

と、安芸が天誅下し人事件について訊く。彼は問いを重ね、やがて話題は新見征司へと移る。

光石が自供した征司殺害の顚末《てんまつ》は、月澤の推理どおりだった。征司を殺そうと言い出したのは、もうひとりの仲間Xであり、国広、光石、それに充はXに脅されて、仕方なく従ったという。

やがて安芸による取り調べは、核心とも呼べる寺河充殺害事件へ入った。

新見奈南がコンビニ店を辞め、しかしそのあともXは、充の動きに注意を払っていたらしい。ある日Xは国広と光石を呼び出し、充が墨田区の新見家へ足を運ぶようになったと告げる。

こうなればもう充を殺すしかない。Xはそう言った。

充が立川警察署の生活安全課にいた時、国広と光石は彼を憎んだ。しかしそのあと私的制裁集団を結成し、行動を共にした。また充は国広と光石にとって、高校の先輩に当たる。

いつしか光石の裡に、充への親近感が芽生えた。新見征司に続いてもうひとり殺す。それへの尻込みも手伝って、光石は国広とともにXの提案に反対する。

だがXは執拗《しつよう》だった。充が奈南に告白すれば、自分たちは逮捕される。そうなればまず、死刑か無期懲役だ。国広と光石をかき口説き、半ば脅した。

自分が充に手を下すから、手伝うだけでいい。Xはそう言い出し、ついに国広と光石は承諾した。

かくして充殺害計画は動き出す。具体的に策を練ったのはXだ。Xは充が自宅でひとりになる機会を調べ、犯行日時を決めた。

「そして犯行日を迎えたのですね」

安芸の言葉にうなずいて、光石が口を開く。

「朝、トラックで寺河家へ行き、おれと国広さんで寺河さんを拉致した。そのあと須田鉄工所へ行き、構内作業を始めたんだ。

昼飯の時間になり、国広さんとおれはトラックに乗り、須田鉄工所を出た。近くの工場裏の、予定の場所にトラックを停める。

すぐにあの人はきた。おれと国広さんが見張りに立ち、あの人が荷台に乗り込む。

少ししてあの人が荷台から出て、充は殺したから後を頼むと言い残して去った。おれと国広さんはうどん屋で昼飯を食って、須田鉄工所へ戻る」

感情の抜け落ちた声で、淡々と光石が語る。

「須田鉄工所で作業が終わり、国広さんとおれは寺河家に行った。荷台に乗って仕切り板を外せば、そこに寺河さんの死体がある。

怖いほど血まみれで、血の臭いも漂って、思わず吐きそうになった。正直怖かったけど、やるしかない」

光石の言葉に、感情が溶け込み始めた。青ざめた面持ちで、光石が話を継ぐ。

光石と国広は荷台の床と畳の間に仕切り板を入れ、充の死体を畳に乗せたまま、和室に運び入れた。それから蛭を握り潰し、ほかの畳や壁に血を滴らせたという。

「自分が殺したわけじゃないけど、寺河さんの死に顔はずっと忘れないと思う。それに蛭を潰した時のぶちぶちっていう感触、まだここに残ってる」

光石は自分の手のひらを見つめ、顔をしかめた。短い沈黙のあとで口を開く。

「それから会社に戻った。けれどひとりになるのが怖くて、国広さんと飲みに行ったんだ。すぐに気持ち悪くなったけどな」

「悪酔いですか」

「ああ」

「でもご安心なさい」

「安心?」

「あなたはもう、悪酔いはしません。恐らくこれから先、あなたは生涯酒を飲めませんから」

と、安芸が厳しいまなざしを光石に注ぐ。その言葉の意味に、気づいたのだろう。光石が両手を握り締めた。

「ちくしょう、どこで間違ったんだ、おれの人生」

感情をそのまま絞り出すように、光石が言った。

第五章　白のアリバイ

1

寺河宅の居間、食卓を囲む椅子に百成完は座していた。隣には安芸泰治がいる。

普段であれば、客は和室にとおされるのだろう。だがそこで充の死体が見つかった。血にまみれた畳はすべて、警察が一時的に預かっており、和室には新しい畳が敷かれ、一見清々《すがすが》しささえ漂う。しかし事件以来、家族でさえ和室にほとんど足を踏み入れないという。

午後の陽が射す食卓を挟み、百成と安芸の向かいに寺河優と寺河望美がすわる。充の死から十日。優は明日から職場に復帰するという。

「国広敏男、光石郁太。両名の証言や状況証拠から、寺河充さんの罪状は明らかだと、われわれは判断しました」

安芸が言った。

光石に続いて、あれから国広も自供したのだ。滝沢政孝捜査一課長の命を受け、取り調べを終えた安芸とともに、百成はここへきた。

天誅下し人事件と、新見征司の事故死の真相。先ほどからそれを安芸が語り、優と望美が黙って耳を傾けていた。テーブルの上に載せ、握り合わせた優の両手。その、十本の指先が白い。よほど強く握っているのか。望美はうつむき、瞳に涙を溜めていた。

「充さんが犯した罪につき、警察は近々、書類を検察へ送ります。しかし充さんは亡くなっている。被疑者死亡の場合、必ず不起訴になりますので、充さんが罪に問われることはありません」

安芸が結ぶ。つらい沈黙がきて、やがて優がしじまを破った。

「充は警察官でした。だからというわけではありませんが、警察は慎重に、そしてしっかり捜査してくださったことでしょう。ならば息子の罪を事実として、受け止めなくてはなりません」

冷静な口調だが、優の声には震えがある。その横で、望美がほろりと涙をこぼした。いたわりの視線を望美に向け、それから優が言う。

「亡き息子に代わり、できる限りの償いをします。まずは新見征司さんのご遺族の方に会い、心よりお詫びしたい」

「別の捜査員が、新見家に向かいました。今頃ご遺族の方に、征司さんの事故の真相を告げているでしょう。橋渡しというほどではありませんが、新見家の方々のお気持ちを、伺ってみます」

安芸が言った。

「助かります」

「いえ、ほかにもなにかあれば、仰《おっしゃ》ってください。ところでひとつ、お訊きしたいのですが」

「はい」

「先ほどもお話ししましたが、天誅下し人事件は男性四人による犯行です。しかし残りのひとりがまだ解らない」

と、安芸が切り出した。寺河充の死から始まり、思いがけない方向へ飛び火したこの事件。それらについて自供した国広と光石だが、Xの名だけは頑として口にしない。

「国広と光石は、充さんの高校の後輩です。あとひとりも過去、充さんと何らかの繋がりがあったと、われわれは見ています」

集団で若者をリンチする。正義感ゆえだとしても、それは犯罪行為だ。充が見ず知らずの人間に声をかけるとは思えない。Xは充の過去の中にいる。

「心当たりはないか、ということですね」

優の言葉に、安芸と百成はうなずいた。視線を落とし、優が沈思する。先日よりもさらに痩せたその横顔に、やがて寂しげな色が宿った。

「仕事に追われて出張が多く、思えば私は充のことを、よく知らないのです。もっと色々、話し合えばよかった」

後悔を滲ませて、優が言った。少し間を置き、安芸が望美に水を向ける。

「私たち兄妹は、仲がよかったほうだと思います」

嗚咽《おえつ》を堪《こら》え、望美が言う。

「でも、兄が声をかけそうな人は浮かびません。今だって、まさか兄がという思いなのです」

「充さんが高校生の時、このご自宅に友人が遊びにきたことは？」

「ほとんどなかったと思います」

「では充さんが中学生の時、または小学生の頃でも構いません。充さんに親友はいませんでしたか？」

「いたとは思いますが……」

名前や顔までは解らない。そんな様子で望美が首をひねる。百成は質問の内容を、少し変えてみた。

「天誅の名を借りて、充さんたちは素行の悪い若者を襲いました。そこまでの正義感、あるいは悪を憎む気持ち、充さんがそれを抱くきっかけに、心当たりはありますか？」

優と望美が沈思する。

「たとえば充さんや、充さんの友人などが、誰かにひどい目に遭わされたとか」

思いつくままに百成は言い、瞬間、優が青ざめた。望美もかすかに表情を硬くする。

「なにかあったのですね」

と、百成は身を乗り出した。

「いえ、なにも」

優が応える。

「ですが」

「心当たりはありません」

素っ気ない、優の声だ。

「望美さんはどうです？」

「私にも、心当たりはありません」

しかしふたりとも明らかに、何かに気づいた様子なのだ。百成は問いを重ねようとした。だが、それを制して安芸が言う。

「何か思い出したら、お聞かせください」

今、ここで焦って追及しても、優と望美は何も言わない。そう判断したのだろう。

優がうなずき、沈黙が降りた。

「お役に立てず、済みません」

やがて優がしじまを破った。安芸が首を横に振り、そのあとで望美が口を開く。

「私や父が知らない兄の交友関係も、倉永先生でしたらご存じかも知れません」

剣道部の顧問として、中学生の充や望美に剣道を教えたのが倉永達哉だ。倉永は望美の担任も務め、充と望美の恩師だという。

「充も倉永さんには、色々と相談したかも知れません」

優が言った。

2

百成と安芸は赤羽駅の駅舎を出た。百成が道案内する格好で、歩き出す。寺河家を辞したその足で、百成たちはここへきたのだ。

日に日に暖かさが増して、雑踏もどこか和らぐ。駅前広場を抜けて少し行くと、目指す雑居ビルが前方に現れた。

「アラビアのロレンスがいますね」

安芸が言った。中東の民族衣装を着た男性が、この前と同じ場所でビラを配っている。

小さく笑い、百成はまだ先の雑居ビルを見あげた。三階の窓に人の姿があった。道着に身を包み、木刀を手に惚《ほ》れ惚《ぼ》れする姿勢のよさで、すぶりをしている。倉永だ。

「え？」

思わず声をあげ、百成は足を止めた。

倉永の姿がとある情景に重なり、とんでもない発想が生まれたのだ。

「どうしたのです？」

いぶかしげに安芸が問う。

「ちょっと済みません」

安芸に断り、百成は道端へ行った。行き交う人々を避けてしゃがみ、鞄から地図を取り出す。赤羽駅が載る頁を広げ、百成は目を走らせた。横にきて、安芸も覗き込む。

ほどなく百成と安芸は顔を見合わせた。

埼玉県川口市の南部、荒川沿いの工業団地にトラックを停め、荷台の中でXが寺河充を殺害した——。

国広と光石の供述だ。

百成たちが今いる赤羽から、北へ一キロ弱で荒川に突き当たり、その向こうはもう川口市なのだ。殺害現場の工業団地まで、ここから車で二十分とかからない。

「あれ、見てください」

腰をあげ、百成は前方の雑居ビルを指さした。すぶりをする倉永だ。しかし百成の目には、彼の道着が黒装束に、手にする木刀が鉄パイプに見えてしまう。

「しかしあの人、五十代でしょう」

と、安芸が首をひねる。百成は口を開いた。

「寺河充は三十歳、国広は二十三で、光石は二十二。Xも二十代から精々三十歳ぐらいと、私も勝手に思い込んでいました。でも考えてみたら、Xが若いという根拠などありません。年齢差という盲点の中に、Xは隠れていたのかも知れない……。私の考えは外れかも知れませんけれど、とにかく連絡取ってみます」

「そうですね」

安芸が言った。少し歩いてひとけのない場所へ行き、百成はスマートフォンで捜査本部に連絡を取る。国広と光石を逮捕したばかりだ。幹部たちは本部に詰めていた。

理事官にざっと事情を話し、百成は通話を終えた。安芸とともに、その場で待つ。じりじりと時が流れ、やがて着信。百成はスマートフォンを耳に当てた。

「まずは取調室で国広に訊いた」

理事官の声が暗い。外れなのかと百成は肩を落とした。理事官が話を継ぐ。

「『天誅下し人の残りひとりは倉永達哉か？』、その問いに国広は『倉永？　誰だそれ』と応える。

そのあとは光石だ。まともに訊いても答えは知れている。だから取り調べた刑事は光石にこう言った。『国広が倉永の名を口にした』と。国広は『倉永？』と言ったのだから、嘘じゃない」

理事官の声に嬉しさと笑いが混じる。まさかという思いが百成の裡に湧く。

「光石は見事に引っかかり、倉永が天誅下し人事件のひとり、すなわちXだと認めたよ。そのあと光石が吐いたことを国広に告げたら、やつも自供した。

ビンゴだ、百成! 大手柄だぞ」

百成は内心で快哉《かいさい》を叫んだ。

3

「それでどうなった?」

小さな笑みを口元に灯し、月澤凌士が問うた。脳科学医療刑務所十階の独房だ。百成はいつものように、テーブルを挟んで月澤と向かい合う。

「倉永は剣の達人です。私と安芸さんでは心許《こころもと》ないと思ったのでしょう。すぐに応援を寄こすと理事官は言い、刑事四名の到着を待って倉永の道場へ行きました」

その時の様子を思い描き、百成はさらに語る。

雑居ビルの三階へ行き、倉永剣道場の扉を叩いたのは百成だ。やがて扉が開き、倉永が顔を出す。百成たち六人の姿を見ても、さほど驚いた様子はない。精神的な鍛錬《たんれん》の賜物《たまもの》か、こうなることを予期していたのか。

事情を訊きたいので、警察署までご足労願いたい。百成のその言葉に、倉永は諾々と従った。

四人の刑事は、いわゆる覆面パトカーできていた。後部座席の中央に倉永を乗せ、彼らは去る。

百成と安芸は、電車で多摩中央警察署へ戻った。五階の捜査本部へ行けば、居合わせた刑事たちが拍手で迎えてくれる。事件発生から十日。休みなく捜査した苦労が報われた思いがして、百成の胸が熱くなった。

前後して刑事たちの車も多摩中央警察署に到着し、早速倉永を取調室へ連れていく。取り調べるのは安芸刑事だ。例によって百成は、隣の小部屋に入った。

「取調室での倉永の様子は？」

シャンパングラスを手に、月澤が問う。

「臆するふうはなく、取り乱す様子も見せず、背筋をぴんと伸ばし、すわっていました。泰然としたその構えは、見事だと思ったほどです」

と、百成は話を継ぐ。

天誅下し人事件は、警察が把握するだけで十件起きた。新見征司が死んだ夜を含め、天誅下し人事件が発生した日時のアリバイを安芸が訊けば、覚えていないと倉永は静かに応える。

　身に覚えはあるのか。天誅下し人を名乗り、若者を集団で襲ったのか。新見征司を殺したのか。安芸の問いに倉永は否定もせず、肯定もしない。相手をいなす剣技さながら、倉永は安芸の尋問を柳に風と受け流す。

　そのため取り調べは長時間に及んだ。国広や光石の自供、百成や江良刑事の発想ということにしてある月澤の推理。それらを事細かく引用し、安芸が粘り強く質問する。けれど倉永はきれいな姿勢を崩さない。

「そのあとで安芸さんが、寺河充殺害事件への関与を質《ただ》しました」

　と、百成はジンジャーエールで喉を潤した。話を継ぐ。

「充が殺害されたのは、三月八日の午前十一時から午後一時。安芸さんがそう告げると、倉永の表情に初めて小さな笑みが浮いたのです」

「それで？」

「その時間なら、赤羽の剣道場にひとりでいた。一歩も外へ出ていない。倉永はそう主張しました。しかし来客はなく、剣道場から外部へ電話やメールを発信していない。つまり剣道場にいたことを、倉永は証明できないのです。

　そのあたりを安芸さんが問い詰めて、それでも私は剣道場にいたと倉永は応えるばかり。膠着《こうちゃく》状態に陥り、水入りという格好で、安芸さんは取り調べを中断しました。

ところが取調室を出ようとする安芸さんに、倉永が声をかけたのです。『アラビアのロレンスが、私のアリバイを証明してくれるかも知れない』と」

「ロレンス?」

と、月澤が両手を広げる。

「はい、これを見てください」

百成は内ポケットから、一枚のビラを取り出した。「アラブ料理の店・ドバイ」とあって、料理を写した小さな写真の数々と値段、アラブ料理の特徴、営業時間などが記してある。

「倉永剣道場が入る雑居ビルから、西に三百メートルほどの場所に、今年一月『ドバイ』は開店しました。アラブ料理って、それほど馴染みありませんよね。だから開店以来、店の従業員がこのビラを配っているそうです。アラブの民族衣装、ご存じですか?」

「全身をゆったりと覆うカンドゥーラをまとい、カフィーヤと呼ばれる大きな布を頭から被り、その上に輪状のイカールを載せる」

「そういう白装束で、彼らはビラを配るのです」

「なるほど、それでロレンスか。ビラ配りのロレンスと孤高の剣道家、面白そうだな」

と、月澤がグラスに手を伸ばす。百成は話し始めた。

アラブ料理店の「ドバイ」には、三人の調理人と四人の接客担当者、それに会計をこなす経営者がいる。

三人の調理人はアラブ首長国連邦の出身だが、経営者と接客担当者は日本人だ。経営者は女性、接客担当者は全員男性のアルバイト。

接客担当者の年齢は二十代から五十代とまちまちだ。開店してまだ二ヵ月ほどで、その間アルバイトの入れ替わりも多少あった。今いる四人のアルバイトたちは、それほど仲がよくない。

倉永剣道場が入る雑居ビルは、東西に長く連なったビル群の中ほどにある。雑居ビルの入り口扉は北側と南側にあり、このどちらも道路に接する。

雑居ビルの北入り口を出て、軒《のき》を接するビル群を右手に見ながら、道をしばらく東へ行く。ビル群が終わったところで右折し、少し先でもう一度右折。道をしばらく西へ歩き、すると右手に倉永剣道場の入った雑居ビルの、南入り口が見えている。そういう様子だ。

「倉永剣道場が入る雑居ビルの並び、二十メートルほど西に、人だかりができるほど大繁盛のスーパーがあります。

その群衆目当てなのでしょう。『ドバイ』の接客担当者は、このスーパーの北と南の路上で、それぞれビラを配っていました。具体的な流れ、お話ししますね」

長い足を組みかえ、月澤がうなずいた。百成は話を続ける。

「便宜上、四人の接客担当者をＡＢＣＤとします。午前十時、Ａがスーパーの北側の路上で、Bが南側の路上で、それぞれビラを配り始めます。ふたりは雑居ビルの二十メートルほど西の路上に立つわけです。一方CとDは、店で開店準備に入ります。一時間後の午前十一時。Cが『ドバイ』を出て、スーパー北側の道路を、スーパーの方へ向かいます。こちらへくるCに気づき、Aは持ち場を離れる。ビラを配るだけなので、顔を合わせての引き継ぎはしません。

このあとAはスーパーの南側へ行くのですが、東西に長く連なるビル群を、なぞるように大まわりしなければなりません。

これが面倒なので、Aは少し先の倉永剣道場がある雑居ビルに入ります。ビルの中を抜ければすぐ、南側の道へ出られますから。スーパーの中をとおっても、南側の道へ出られます。しかし民族衣装の人が店を突き抜ければ目立ち、スーパー側もいい顔をしないと思い、避けたのでしょう。倉永剣道場が入る雑居ビルならひとけはなく、そういう配慮はいりません。

こうしてAは南側の道へ出ます。スーパーの南側の路上でビラを配っていたBは、彼方にAの姿を見て、ビラ配りをやめて店に戻る。それ以降はスーパー北側の路上でCが、南側の路上でAがビラを配り、BとDが店内で接客するわけです。

さらに一時間後。『ドバイ』を出たDが北側の道路をスーパーへ向かい、Dの姿を見たCは雑居ビルを抜け、スーパーの南側の路上に出る。

その道の二十メートルほど西でビラ配りをしていたAは、Cを認めて店に戻り、Bとともに接客。

こういう流れで午前十時から午後四時まで、彼らはビラを配っていました。『ドバイ』定休日の月曜以外、毎日です。

さて倉永ですが、彼は以前、稲城市に自宅を持っていました。ふたりの息子は独立し、今は杉並《すぎなみ》区のマンションに、妻とふたり暮らしです。

倉永はこのマンションからほぼ毎日、赤羽の倉永剣道場にかようそうです。午前九時頃に自宅を出て、夕方戻る。

三月八日の午前十時過ぎ、倉永が雑居ビルに入るのを、北の道にいたビラ配りが見ています。

雑居ビルは四階建てで、一階と二階はゲーム制作会社が借りています。けれど昨秋から業務を停止しており、人の出入りはほぼありません。

三階が倉永剣道場で、四階は社員四名の小さな情報産業の会社です。倉永は道場生を取っておらず、情報産業会社に来客は希《まれ》。ビルを出入りするのはごく少数なのです」

「道場生、いないのか?」

「道場生はすべて、昨年末で断ったそうです。自らを鍛錬するだけで精一杯。倉永はそう言っていました」

「教え子のいない道場で、ひとりたたずむ倉永か。彼は痩軀《そうく》だと聞いたが」

「はい。ひどく痩せています」

少しうつむき、月澤は髪に手を入れた。刹那沈思し、髪を掻きあげて口を開く。

「出入りの少ない雑居ビルだとしても、ビラ配りにとって倉永はあかの他人だ。そのビラ配り、倉永がビルに入る姿をよく覚えていたな」

「倉永はとても姿勢がよく、竹刀袋を持って歩く姿は目立つそうです」

「竹刀袋？」

すっと月澤が目を細めた。

「はい」

「竹刀や木刀、道場に置きっ放しではないのか？」

「愛用の木刀は肌身離さずだと、倉永は言っていました」

「そうか」

「はい。それから午後四時まで、雑居ビルを出る倉永は見ていない。ビラ配りたちはそう証言しました。

わざわざ顔をあげて、雑居ビルの三階の窓に目を向けることはせず、彼らは直接倉永の姿を見ていません。しかし雑居ビルに出入り口はふたつしかなく、それが見渡せる場所に彼らはずっと立っていました。

雑居ビルの東隣は六階建て、西隣は七階建てで、屋上からどちらかのビルに飛び移ることはできません。三階の東と西の窓を開けても、すぐ鼻先は隣のビルの壁ですので、脱出不可能です。

寺河充が殺害されたのは、三月八日の午前十一時から午後一時。しかしその日、倉永は午前十時過ぎに雑居ビルへ入り、午後四時まで出ていません。アリバイ成立です」

と、百成はため息をつき、口を開いた。

「倉永は何らかのアリバイ工作をしたと、捜査本部はみています」

「そうか」

と、月澤はグラスを手に、ソファへ背を預けた。双眸に叡智の光が灯る。

「聞きたいことはふたつだ」

やがて月澤が言った。

「はい」

「ビラを配るロレンスたちは、みなマスクをしていたか？」

「はい」

花粉や黄砂が飛び、三寒四温で風邪を引きやすい。この時期マスク姿の人は多い。

「仕事中に彼らが着る中東の民族衣装。それは『ドバイ』の特注品か？」

「いえ。中東の衣類を扱う店から、既製品を買ったそうです」

「では衣装に『ドバイ』の店名などは縫い込まれていない？」

「はい」

「それならば倉永にアリバイなどない」

「そうですよね」

と、百成は受け流した。それほどに月澤の言い方はさりげない。そのあとで言葉の意味に気づき、百成は月澤を凝視した。

「飛びきりの美女に見つめられるのならいいが」

と、月澤が両腕を広げる。

「待ってください、月澤さん！　これから話そうと思ったのですが、四人のビラ配りと倉永には、なんら繋がりはありません。ことは殺人です。知り合いでもない倉永に突然頼まれ、四人全員が偽証するなど、まずないとみていい。

そのビラ配りたちが、倉永は午後四時まで雑居ビルから出ていないと、口を揃えているのですよ」

「新しきロレンス」

「え？　どういう意味です」

「さてな」

はぐらかし、月澤が腰をあげた。グラスを手に部屋を行き、窓辺に立つ。

新しきロレンスという、謎めく言葉に潜む意味。

百成はそれを懸命に探った。だが解らない。

「私が得た情報だけで、倉永さんのアリバイを崩せるのですよね」

百成は月澤に声をかけた。背を向けたまま、月澤がうなずく。

「三十分。いえ、十五分ほど時間をください。考えてみます」

「シャンパンを飲み飽きるまで、待ってもいいぜ」

月澤の軽口につき合わず、百成は早速思いを凝らす。月澤と同じ材料を持ち、しかも彼から「新しきロレンス」というヒントをもらった。十五分で倉永のアリバイを崩してみせる。

4

「降参です」

百成は言った。あれからきっちり十五分過ぎた。

窓辺にいた月澤がこちらへくる。ソファにすわり、グラスにシャンパンを注いで軽やかにあおり、月澤は口を開いた。

「月曜日を除く毎日、自分の剣道場が入る雑居ビルを挟む二本の道で、ビラを配るロレンスたち。

なんとなく彼らを見下ろすうち、倉永は四人の動きの規則性に気づく。また倉永は竹刀袋を手に剣道場へかよい、その姿が四人の目を引くことも知っていた。

これらを利用し、倉永はアリバイに関する計略を練る。

まず、倉永は『ドバイ』のビラを数十枚手に入れる。『ドバイ』へ足を運んで食事をし、会計の際に、仲間にこの店を教えたい、パーティーで使うかも知れないなどと言えば、ビラを多めにもらうことは造作ない。

四人のアルバイトが毎日路上で配っているから、道に落ちたビラを拾ってもいい。

さて次だが、『ドバイ』の接客担当者たちが着る民族衣装は既製品だ。ネットで調べて通信販売、中東の衣類を扱う店を訪ね歩く。どちらの方法をとったか解らないが、ともかくも倉永は『ドバイ』の人たちと同じ衣装を入手する。

倉永がそれらを着て、さらにマスクをつければどうなる？」

「『ドバイ』のビラ配りの人たちと、そっくり同じ格好になります。もしかして……」

と、百成は眉根を寄せた。倉永によるトリック工作の一端が、垣間見えた気がしたのだ。

月澤が静かにソファへ背を預けた。百成は黙考し、けれどため息を落とす。どうにも全体像がはっきりしない。

少し間を置き、月澤が口を開く。

「三月八日の午前十時過ぎ。倉永は竹刀袋を手に、雑居ビルへ入った。『ドバイ』のAが雑居ビル北側の路上で、Bが南側の路上で、いつものようにビラを配っている。倉永は剣道場に置いてあった中東の民族衣装に着替え、マスクをし、つまりAやBと同じ出で立ちになり、ビラを手に三階の窓辺に身を潜めて待機する。

やがて午前十一時近くになり、交代要員のCが彼方から雑居ビルの方へ向かってきた。Aは路上にいて、倉永は三階だ。倉永はAより先にCを見つける。

倉永は道場を出て一階へ降り、南の扉から雑居ビルを出た。二十メートル先の路上にBがいる。雑居ビルから出てきた倉永を見て、Bはどう思ったか？」

「北側の路上にいたAが、ビルを抜けて出てきたと」

「そう、そっくり同じ格好だから、Bは倉永をAだと誤認する」

「別人だと気づきませんか？」

「接客担当者の年齢は二十代から五十代とまちまち。開店してまだ二ヵ月ほどで、その間アルバイトの入れ替わりも多少あった。今いる四人のアルバイトたちは、それほど仲がよくない。

先ほど君は、そう話してくれた。

ABCDの四人は、まだ親しくない。しかも頭からカフィーヤを被り、ゆったりとカンドゥーラをまとう。さらにマスクだ。顔はほぼ見えず、体型も隠れる。

そもそも日本では、中東の民族衣装を着た人には、あまりお目にかからないだろう」

「はい」

「まさか別人がAに成りすますと、Bはまったく考えていない。彼我の距離は二十メートルあり、顔を合わせての引き継ぎはない。

いつもどおりの時間にいつもの格好で、雑居ビルから中東の民族衣装を着た人が出てくれば、まずBは倉永をAだと思い込む」

百成はうなずいた。百成がBの立場であれば、ビルから出てきたのはAだと信じて疑わないだろう。

「交代がきたと思い、Bは持ち場を離れて『ドバイ』へ向かう」

「そして倉永は寺河充殺害現場へ行く」

「いや、まだだ」

「まだ？」

「倉永は道を二十メートルほど歩き、Bがいた場所で『ドバイ』のビラを配り始める」

「でもBはすっかり騙されて、『ドバイ』へ向かいつつあります。なにもビラ配りまでしなくても」

「まあ聞け、百成」

笑みを灯し、月澤が話を続ける。

「今、倉永は南側の路上にいるわけだが、北側の路上へ目を向ければ、どうなっている？」

「ええと、CがAに近づきつつあります」

「そうなると？」

「Aは持ち場を離れ、雑居ビルに入ります。それからビルをとおり抜けて南側の道に出る」

「その時そこには？」

「倉永がビラを配っています。あ、そうか！」

と、百成は膝を打った。

「そう。今度はAが、倉永をBだと誤認する」

「まず、Bの前でAに成りすまし、その一、二分後、Aに対してBのふりをする」

倉永の計略に鮮やかささえ覚えつつ、百成は呟いた。

「それから倉永は『ドバイ』へ向かって歩き出し、しかしもちろん店には入らない。Aから見えなくなり次第、恐らく進路を駅へ変えた。駅のコインロッカーに普段着を入れてあり、トイレで着替える」

その情景を百成は思い浮かべた。

駅までの道のり、民族衣装姿は多少目立つが、道行く人たちは「ドバイ」のビラ配りを見慣れている。倉永の姿をそれほど奇異に感じなかっただろう。

逆にいえば駅周辺で聞き込みしても、その日、民族衣装の男性が駅まで歩いたという証言は、恐らく取れない。取れたとしても、布とマスクで顔は隠れる。倉永の写真を見せても「この人が民族衣装で駅に向かった」という証言が得られる可能性はゼロに近い。

さらに百成は思いを巡らす。

駅で着替えた倉永は川口市の工業団地へ行き、寺河充を殺害した。これが恐らく昼下がり。それから倉永は午後四時過ぎまで時間を潰し、ビラ配りたちがいなくなったあと、雑居ビルへ戻ったのだ。

警察はこれから「ドバイ」の従業員に、聞き込みするだろう。

しかし倉永がアルバイトに成りすまして、うまうまとビルから抜け出した。その証拠になる証言を、アルバイトから引き出すのは難しい。

午前十時過ぎ、「ドバイ」のビラ配りが雑居ビルに入る倉永を目撃し、午後四時までビルから出る倉永は見ていない。

この証言をひっくり返すことは、恐らくできない。

百成は歯嚙みした。月澤の声がする。

「大阪大学産業科学研究所が歩容認証システムを開発。二年前かな、そういう報道があった」

「え？」

「赤羽駅や周辺には、防犯カメラがあるだろう」

「そうか！」

百成は大きくうなずいた。歩く姿は人それぞれ違う。歩き方で個人を識別するのが歩容認証だ。

とある容疑者が、犯行現場近くで防犯カメラに録画されたとする。だが変装しており、顔や着衣からはそれが容疑者だと特定できない。けれど録画された人物と容疑者の歩き方の特徴がいくつも一致すれば、同一人物だと判断できる。

この歩容認証は、警察庁の科学警察研究所に導入されたはずだ。DNAや指紋のような証拠の決定打ではないが、場合によっては有力な証拠になる。

赤羽駅周辺は賑やかだ。路上や店頭に防犯カメラは必ずある。剣道場へかよう倉永と、民族衣装を着た倉永。それらが同じ、あるいは別の防犯カメラに写っていれば、歩容認証は可能だ。

月澤が言う。

「倉永は剣道家で姿勢よく、歩く姿に特徴が多い。民族衣装に身を包んだとしても、歩き方まで変えていないだろう。変えたとしても、本人が気づかない歩き癖まで修正できない」

「ですよね」

と、百成は腰をあげた。

「もう行くのか？」

「はい。あの日だけ現れた五人目のビラ配り、『新しきロレンス』の映像を、早速探します！」

倉永を取り調べたのは昨日だ。任意同行だから、多摩中央警察署の留置場に泊めるわけにはいかない。昨夜遅く、警察は倉永を解放した。複数の刑事が倉永を尾行し見張っているが、逃走を図るかも知れない。ことは急を要するのだ。

「上首尾を祈る」

と、笑みをきらめかせ、月澤が軽やかにシャンパンを飲んだ。

5

タクシーを降り、瞬間百成は立ち尽くす。三方を林に囲まれた寺河家。その手前にパトカーが何台も停まり、物々しい雰囲気だ。記者たちの姿はまだないが、野次馬が多くいる。

胸中に湧く苦い思いを振り払い、百成は駆け出した。群衆をかき分けて最前列に出る。寺河家をかなり遠巻きにして立ち入り禁止だ。

立哨《りっしょう》の警察官に身分証を示し、百成は立ち入り禁止のテープをくぐった。制服や私服の警察官が家のぐるりを取り巻く。

近くに安芸刑事の姿を見つけ、百成はそちらへ向かった。いつも穏やかな安芸の面持ちも、さすがに硬い。

「どうです？」

声を潜めて百成は訊いた。

「今のところ、動きはなしです。このままいけば、特殊犯捜査係の出動になるでしょう」

SITと呼ばれる警視庁の特殊犯捜査係は、立て籠《こ》もりや誘拐事件などを担当する。立て籠もり事件においては、突入や犯人狙撃の強硬手段も厭わない。

「そうですか」

と、百成は両手を握り締めた。ここ一、二時間のめまぐるしさが、知らず脳裏に蘇《よみがえ》る。

月澤と別れて百成は、すぐ捜査本部へ連絡して理事官に次第を告げた。

月澤の頭脳により、倉永が密かに剣道場を脱出し得たことが判明したのだ。ともかくも倉永を多摩中央警察署へ呼びつける。

理事官はそう言った。通話を終え、その足で百成は赤羽駅へ行く。

赤羽駅周辺や街頭で防犯カメラを探していると、スマートフォンに着信があった。滝沢捜査一課長の携帯からだ。

捜査一課長直々に連絡ということは、倉永はすらすらと自供したのか。

そんなことを思いつつ、百成はスマートフォンを耳に当てた。

「寺河望美を人質に、倉永が寺河家に立て籠もった」

いきなり滝沢が言い、百成は絶句した。滝沢が話を継ぐ。

昨夜から四人の刑事が、倉永を見張っている。百成の報告を受けて、理事官が四人の刑事のひとりに連絡を取った。

彼によれば倉永は、今日の午前九時頃に杉並の自宅を出、十時過ぎに剣道場へ入った。そして午後一時半前、倉永は剣道場を出て電車で稲城駅へ移動。少し前に寺河家を訪ねて中に入ったという。

そのまま付近で待機。倉永が寺河家から出てくるのを待って任意同行を求めろ。

そう指示をして理事官は通話を終えた。ところが三十分後、刑事から大変な報告が入る。

寺河家から出てきた倉永は、近くにいる四人の刑事に気づき、刹那、あきらめの様子を見せた。

ところがそのあと倉永の顔に、捨て鉢の色が宿る。彼は寺河家にとって返し、玄関を閉めて施錠した。刑事たちは玄関扉に取りつく。だが開かず、まごつく間に屋内から、甲高い女性の悲鳴がする。

そのあとで、玄関から少し離れた台所の小窓が開いた。そこに望美の顔があり、恐怖に引きつっている。彼女の髪の毛を掴み、その喉元に包丁の切っ先を当て、倉永が背後に立つ——。

「すぐに寺河家へ向かえ。現地で会おう」

言って滝沢が電話を切る。突然の事態に混乱しつつ、百成は赤羽駅へと駆け出した。そして稲城駅からタクシーに乗り、今、ここへ着いたのだ。

百成は前方に目を向けた。寺河家の玄関はぴたりと閉まり、まだ陽が高いのに、雨戸はすべて閉じている。

家から少し離れた場所に、寺河優の姿があった。警察官に左右を守られ、呆然そのものという様子で立つ。今し方、到着したらしい。

百成は視線を巡らす。玄関右手に車庫があり、寺河家のワゴン車が停まる。その脇に男性がふたりいた。滝沢一課長と理事官だ。

百成はそちらへ走り、彼らの前で足を止めて目礼した。

「百成、お前は倉永に二度会った」

滝沢が言う。

「はい」

「一度目はひとりで剣道場を訪ね、倉永と色々話をした。そうだな？」

「はい」

「だからだろう。倉永はお前を指名した」

「指名、ですか？」

百成は首をひねった。

「『百成がきたら、ひとりだけで寺河家に入れろ。そこで百成にこちらの要求を告げる』。倉永はそう言った」

「解りました、行きます」

百成は即答した。険しい面持ちで百成を見つめて、滝沢が口を開く。

「倉永は包丁を持ち、望美が人質だ。屋内へ入ったお前は、倉永に逆らえない。この状況の意味は解るな」

なにかの拍子に倉永が、百成を刺すかも知れない。しかし場合によっては抵抗できない。そういうことだ。

滝沢から視線をそらさず、百成はうなずいた。

刑事の責任として、百成は常に一刻も早い事件解決を目指す。己の命が絡もうが、その思いは変わらない。自分が寺河宅に入れば、間違いなく事態は動くのだ。躊躇はない。

しかし百成の足が震え始める。正直いえば怖い。

「それでも行くか？」

滝沢が問う。

「はい」

渇いた喉に引っかかり、その言葉がかすれた。

6

ただひとり、百成は寺河家の玄関前にいた。背広の内側に防刃《ぼうじん》ベストを着込み、ネクタイの裏には小さな集音器だ。小さいが高性能だから、百成の周囲の音は漏れなく滝沢たちに伝わる。

背広の右ポケットには、理事官から借りた携帯電話がある。多摩中央警察署の取調室にいる刑事の携帯と、すでに通話状態だ。向こうの携帯はスピーカーに接続され、取調室には国広と光石が同席する。携帯電話にまつわるこれらは、倉永の要求だ。

やはり倉永の要求により、警察官たちは一時的に玄関から離れている。

百成は深呼吸した。けれど心臓の早鐘は収まらない。覚悟を決めて、百成は玄関扉を叩く。解錠音のあとでわずかばかり扉が開き、望美が顔を見せた。青ざめて、顔がはっきりこわばっている。

「早く入ってこい」

死角に身を隠しているのだろう。倉永の声だけがする。百成は扉の隙間から中へ入った。極度の緊張ゆえ、膝がうまく動かない。

倉永は三和土にいた。チノーズにポロシャツ、薄手のジャケット姿だ。刃渡りの長い包丁を持ち、その切っ先を望美の脇腹に当てる。料理道具の包丁が禍々《まがまが》しい凶器にしか見えず、百成はその刃から目が離せない。

「鍵をかけろ」

倉永が言った。うなずいて施錠し、それから百成は倉永に目を向ける。ひどく瘦せた倉永の、鷹を思わせる目はやや血走り、けれど興奮の色はそれほどない。

「あがれ」

少しかすれた倉永の声だ。まず百成が廊下にあがり、望美、その背に包丁を突きつけた倉永と続く。

百成たちは和室に入った。倉永と望美が並んですわり、座卓を挟んでふたりの向かいに百成は腰を下ろす。

射る視線を、倉永が百成に向けた。刺激しないよう、百成はわずかに目を伏せる。冷たい沈黙が降り、静寂の中で百成は自らの心音を聞く。

だが、どくんどくんという音が、次第に速度を緩めた。落ち着きを取り戻し始めた自分を、百成は自覚する。

「携帯電話を持ってきたな」

「はい」

「ゆっくりと出せ。おかしなまねはするなよ」

うなずいて、百成はポケットから携帯電話を出した。

「座卓の上に置け」

倉永が言い、百成は従った。これでここでの会話は、携帯をとおして国広と光石の耳に入る。倉永はふたりに何かを伝えたいのか。

「要求は何でしょうか？」

百成は切り出した。大丈夫、声は震えていない。

「少年犯罪の厳罰化だ」

百成は思わず倉永を見つめた。女性を人質に立て籠もり、法改正を要求するなど正気なのか。しかし倉永の表情は冷静だ。

「簡単に少年法を改正できない。それは解っている。だが私が厳罰化を要求して報道されれば、少年犯罪への注目度が高まる。その中で少年犯罪厳罰化への潮流が起きればいい」

倉永の狙いが解り、百成は得心した。しかし別の疑問が湧く。

「少年犯罪に、どうしてそこまでこだわるのです？」

「あれは五年前の暮れだったか。充君が私の家にきた」

百成の問いに応えず、倉永が話題を転じた。問わず語りを始める。

「女房は出かけており、私と充君のふたりだけだ。

彼が日本酒を持参してくれたから、簡単なつまみを用意して、私たちは杯を合わせた。

心地よく酔いがゆっくり開き、やがて充君が語り出した」

「どのようなことをです？」

「立川警察署の生活安全課に籍を置き、少年犯罪の凶悪さを目の当たりにした。だが少年法に守られ、彼らの罪は軽い。罰と罪が釣り合わない。そこで自分は厳しく当たり、しかし半年あまりで異動になった。

今は日野警察署の交通課にいるが、交通違反の取り締まりをしている間にも、少年犯罪は発生し続ける。それを思えば歯噛みする日々だという。

それから充君は、彼が実際に見た少年犯罪の数々を語り出す。あまりにひどく、私は慄然として寒気すら覚えた。そのあとで充君とともに憤慨する。

そして一升瓶が軽くなる頃、私の口からとんでもない言葉が出た」

「とんでもない言葉？」

「野放しの少年たちに、罰を与えないか？　酔いに任せて、私はそう言った」

倉永の横で望美が息を呑む。信じられないという表情で、彼女は倉永を凝視した。痩せた横顔にその視線を受け止め、倉永が話を続ける。

「そういうことを言い出し、しかし私に後悔はない。言葉に出して、思いは募る一方だ。悪辣《あくらつ》な若者に天誅を下そう。やがて私は充君に持ちかけた。五十代の分別盛りが、なにを言うかと思うかも知れない。だが、年を取ると逆に無軌道な若者たちが許せなくなる」

倉永の言葉に怒りが滲む。言葉をなくした様子で、望美がうつむいた。

「やがて充君は、同意した。あとひとり、ないしふたり仲間が必要だ。私はそう思い、それまでの充君の話に出てきた国広敏男、光石郁太に目をつけた。高校の後輩だからと、充君はつい、彼らの覚せい剤の罪を見逃したという。だが、それは弱みを握ったことを意味する」

いつしか百成は、幻滅を覚えていた。今、目の前で語る倉永に、以前道場で会った時の立派さはない。

「そこへ女房が帰ってきて、その夜の話はそこまでになった。しかし酒の席のうたかたに終わらせるつもりはない。年が明け、私は再度充君に会って説得した。私の指示で充君が国広と光石を脅し、ついに四人が集まる」

「あなたを恩師と仰ぐ充さんをそそのかし、取り返しのつかない道へ誘ったのですね」

思わず百成は口走った。倉永の両目に怖い光が灯る。

「状況を忘れたのか」

そう言って、すっと倉永が手を動かした。百成の喉元に、包丁の切っ先がくる。ごくりとつばを飲み込めば、動いた喉仏に刺さりそうだ。

死が目の前にきて、百成の背に恐怖が走る。しかし痺《しび》れるほどの怖さの中、百成は望美に目配せした。今ならば、望美は危機を脱せるのだ。

望美が動いた。横へ逃げるように立ちあがる。倉永が腰を浮かし、包丁を望美に向けた。包丁の切っ先が、望美の左手の小指に当たる。

脅しのために包丁を向けたが、当てるつもりはなかったのだろう。しまったという表情を、倉永が浮かべた。その機を逃がさず百成は叫ぶ。

「私が人質になります」

倉永と望美の動きが止まった。百成は望美の左小指に目をやる。包丁の切っ先が当たっただけで、刺さらなかったらしい。出血していない。

「逃げて！」

と、百成は声で望美の背を押した。彼女が駆け出し、倉永に追いかける様子はない。

「済みません。でも本当に、私が人質になりますから」

倉永がこちらを向いた。感心したふうに目を細め、包丁を突きつけたまま、ゆっくりと腰を下ろす。

7

包丁を持った手を倉永は座卓に置いた。刃先は百成にしっかりと向く。それを意識しつつ、百成は口を開いた。

「よろしければ、続きを話してください」

「ああ、そうだな。充君、国広と光石、それに私で集まり、計画を練り始めた。襲撃する相手が命を落としても構わない。私はそう思っていたが、さすがにそこまでの覚悟は、充君になかったのだろう。

襲撃後、一一〇番へ通報する。

頭や胸は狙わない。

襲撃時間は一分間。

これら決めごとを作ったのは充君だ。

私のことを思ってくれたのか、見張り役をお願いしますと充君は言った。だが、私はこの手で罪ある若者を打ち据えたい。そこで見張り役は充君に振った。そして二月、私たちは最初の天誅を下す。

警察に捕まる。私にとってそれは覚悟の前だ。だがそうなれば、母校に大変な迷惑をかける。その年の三月末、私は教職を退いたよ。

それから十人の若造どもに天誅を下した。そしてあの日がくる」

「襲撃現場を、新見征司さんに目撃されたのですね」

「そう。昨日私を取り調べた時に、安芸という刑事が述べたとおりの出来事が起きた。

ここでひとつ言っておくが、征司を殺そうと言い出したのは私だ。充君には無論、国広や光石も尻込みした。私は彼らを半ば脅し、征司殺害を手伝わせた。彼ら三人は無理強いされて、やむなく私に従っただけだ」

「天誅を下したあと、捕まってもいいと先ほど言いましたよね。しかし襲撃現場を目撃されて、征司さんを殺害した。その心境の変化は？」

「気づかないか」

と、倉永はげっそり瘦せた自らの頰を撫《な》でる。

「もしかして」

「私は末期癌《まっきがん》だ。昨秋、余命宣告を受けた」

「そうだったのですか」

昨年末、倉永は道場生をすべて断ったという。剣技を教える体力や気力が、すでにないのか。

倉永剣道場に道場生はいない。百成がそう言った時、月澤は倉永の痩せた様子を訊いてきた。あの段階で月澤は、倉永の病気に思い至ったのだろう。

教え子のいない道場で、ひとりたたずむ倉永か——。

その時の、月澤の言葉だ。ほどなく消える命を抱え、がらんとした道場でひとり、倉永はなにを思ったのか。

「癌が見つかったのは、三年前だ。原発巣《げんぱつそう》が難しい場所にあり、直ちに余命宣告とまではいかないが、根治は無理だという。

抗がん剤で癌を抑えつつ、緩やかに死へ向かう。そういう状態に私は入りつつあった。

自分の死が見えて、ならば若者襲撃の罪を知られずそっと死にたい。そういう思いが日々強まり、痛切に感じ始めた矢先、新見征司に襲撃を目撃された」

「だから征司さんを殺したと」

「身勝手なのは重々承知だ。そしてのち、今度は征司殺害を隠すために、この手で充君を殺してしまった」

淡々と倉永が言う。

「充君殺害へ至る経緯や殺害方法は、国広や光石の供述どおりだ。充君殺害を言い出し、実際に手を下したのはこの私。国広と光石は私に脅され、仕方なく手を貸したに過ぎない。

しかも私は国広や光石に、警察に引っぱられても私のことは喋《しゃべ》るなと、釘《くぎ》を刺した。われながら、卑劣な男だ」

「なぜ充さんを？」

悲痛な思いさえ抱き、百成は訊いた。

「さっきも言ったが、私はまもなく死ぬ。死の間際に殺人罪や殺人未遂罪で、逮捕されたくない。静かに死にたかった」

「それだけですか？」

倉永にはまだなにかある。その思いを乗せて、百成は問うた。座卓に視線を置き、倉永がわずかに顔を歪める。静寂がそっと広がり、やがて倉永がしじまを破った。

「充君のため、そういう思いもあった」

絞り出すような倉永の声だ。百成は無言で続きを待つ。

「新見奈南さんに罪を打ち明ければ、充君は逮捕される。だがその前に死ねば、警察官として人生を終える。

殺人者として生きるより、まっとうな警察官として死ぬほうがいい。それが充君のためだ。そう思い、私はこの手で……」

倉永の声が揺れた。涙を散らすためだろうか、彼は目をしばたたかせ、それから百成にまなざしを向ける。険しい双眸の中に、哀しみの色があった。倉永が口を開く。

「充君を殺害した」

話し疲れたというふうに、ふっと倉永が息をつく。その手が包丁から少し離れた。

今しかない。

そう思うより早く、百成の手が動いた。座卓の包丁をはたき飛ばし、それから叫ぶ。

「突入！」

一瞬後、凄まじい破壊音がした。玄関と勝手口前で待機する特殊犯捜査係が、扉を破り始めたのだろう。

「くっ！」

と倉永が腰をあげた。

「もうやめましょう」

身を乗り出して彼の両腕を掴み、百成は説く。

しかし倉永は振りほどき、畳に落ちた包丁に目を向けた。百成は彼より早くそこへ行き、包丁を蹴る。包丁は壁際まで滑り、直後、重武装の特殊犯捜査係たちが廊下に現れた。

倉永を見て百成は愕然とする。ジャケットの内ポケットから、果物ナイフを抜き出したのだ。

包丁に目を落としたのは、百成をそちらへ行かせる陽動だった。そう気づき、百成は倉永へと走る。特殊犯捜査係たちも飛ぶように向かう。

倉永がナイフの切っ先を自らの首に向けた。

「止めてください！」

百成は叫ぶ。だが倉永は躊躇せず、ナイフを首に突き立てた。凄まじい血しぶきが、百成の眼前を赤く染める。

8

ノックしたのち、百成は白い扉を開けた。多摩市内の総合病院、八階奥のひとり用の病室だ。

個室にしては広めの部屋の窓寄りに、寝台がひとつある。望美がそこに横たわり、父親の寺河優が脇の椅子にすわっていた。左手に簡素な応接セットがあり、警視庁捜査一課の理事官と、ふたりの刑事が占める。

寺河家を脱出した望美に怪我はなく、だが精神的な衝撃は大きいはずと判断し、警察は彼女を病院へ搬送したのだ。それから数時間過ぎて、すでに夜の闇が降りている。

誰にともなく頭をさげ、百成は寝台に近づいた。優に断り、隣の椅子に腰を下ろす。哀しみに満ちた目で、望美が百成を見あげた。

「お加減はどうですか？」

百成は問うた。

「大丈夫です」

しかし望美に生気はなく、涙のあとが痛々しい。倉永のために泣いたのか。

倉永は寺河宅で、果物ナイフを首に突き立てた。その倉永を特殊犯捜査係たちが取り押さえ、直ちに病院へ運ぶ。しかし病院に着いた時、倉永はすでに事切れていた。

寺河宅内で滝沢一課長に詳細を報告し、多摩中央警察署の捜査本部に立ち寄ったのち、百成はここへきたのだ。

倉永の血を浴びた背広は脱ぎ、新しい背広に着替えた。その際シャワーも浴びたが、血の臭いが自分から立ちのぼっている気がして、心がざわりと落ち着かない。

「別の者が訊いたと思いますが、もう一度お話を」

百成の言葉に望美がうなずく。今日の出来事について、百成は水を向けた。

「午後二時半を過ぎた頃、ふいに倉永先生が訪ねてきたのです」

「事前連絡はなしですね」

「はい」

「倉永さんはどういう様子でした？」

「元気がないように見えましたけど、いつもとそれほど変わりなかったです」

少しかすれた望美の声だ。百成は先をうながす。

「居間にご案内すると、倉永先生はまず、兄の遺骨に手を合わせてくださいました。それからふたりで食卓を囲み、兄の中学時代のことを話し、ほどなく先生は腰をあげたのです」

「昔話に終始したのですか?」

「はい。倉永先生を玄関先までお送りし、ところが先生はすぐに戻ってきました。目は血走って、ただならぬ様子です」

望美の瞳に恐怖の色が浮く。百成は黙って待った。小さく息を整えて、望美が話を継ぐ。

「何も言わずに家へあがり、先生は廊下を奥へ走っていきます。あとを追うと先生は台所に入り、いきなり流し台の下から包丁を取り出しました。

それから先生は食器棚の前に立ち、すぐに引き出しから、果物ナイフを出したのです。

先生はわが家の台所に入ったことはなく、勝手に引き出しを開ける非礼をする人ではありません。

取り憑《つ》かれたような先生の豹変《ひょうへん》がただ怖く、声をかけることさえできず、私は立っていました。そうしたら先生がくるりとこちらを向き、包丁を私に突きつけたのです。私もう、わけが解らなくて……」

望美の声が濡れた。彼女の目に溜まる涙が、まばたきをした瞬間、目尻から滴になってこぼれ落ちる。

第六章　凶の対決

1

満開の桜の枝から、一枚の花びらがはらりと離れた。小さな桃色の蝶《ちょう》さながら、それは刹那空を舞い、地に落ちる。

寺河優、寺河望美とともに、百成完は崖沿いの道にいた。三年前、新見征司が亡くなった場所だ。寺河親子が捧げたばかりの花束が、道端にある。その向こうは崖で、さらに先へ目を転ずれば、ちょっとした公園の中に桜が数本、咲き誇る。

優と望美をうながし、百成は歩き出した。道を行って橋を渡り、少し戻る格好で桜の咲く公園に入る。

隅のベンチにふたりをすわらせ、百成はその前に立った。喫茶店に入ろうと思っていたが、今日は風も穏やかで陽光が心地よい。ほかに人の姿はなく、ここで話をしようと百成は決めた。

三人の少し右手に桜が植わり、枝に無数の花が咲く。木の根元が日陰になるほどだ。その桜を眺め、百成は事件へ思いを巡らす。

倉永達哉が自らの首を刺して死亡したあと、警察は倉永剣道場を家宅捜索した。立ち入るのが申し訳ないほど、入念に隅々まで掃き清められた剣道場。その棚の奥から中東の民族衣装が見つかった。国広敏男と光石郁太への取り調べが再度行われ、寺河宅での倉永の話と齟齬はない。

倉永と充の書類、それに国広と光石の身柄を検察に送り、捜査本部は解散した。主犯倉永の死により、寺河充殺害事件は終焉《しゅうえん》を迎えたのだ。

天誅下し人事件、新見征司の事故死偽装、寺河充殺害事件。国広と光石は、倉永や充に脅され手を貸した。裁判はこれからだが、ふたりには恐らく有期刑がくだる。

百成は先日、理事官とともに寺河家へ行った。すべての事件の詳細を、改めて優と望美に語るためだ。幸い望美は、数日で退院している。

聞きながら望美は泣き、堪えていた優もやがて落涙した。

小さな回想を終え、百成はさりげなく背広の内ポケットに手を入れた。手探りで携帯電話のボタンを押す。

〈よし、始めようか〉

百成の右耳で、月澤凌士の声がした。右耳にイヤフォンを入れてあるのだ。コードレスのごく小さなイヤフォンだから、耳を覗き込まれない限り、まず気づかれない。

さらに百成はネクタイの裏に、超小型の集音器をつけていた。

集音器とイヤフォンは、内ポケットの携帯電話に無線で繋がる。そのボタンを押し、脳科学医療刑務所の月澤の携帯電話にかけたのだ。

これで百成たちの会話は、携帯電話をとおして月澤に聞こえる。月澤が携帯電話に向かって話せば、その声はイヤフォン越しに百成の耳にだけ届く。

月澤が刑務所内で指示を出し、百成が外で動いて結果を伝える。その流れが多いのだが、時に月澤はこのやり方で、事件関係者に直接話を訊く。

「少しお話を伺いたいのです」

優に目を向け、百成は言った。

「なんでしょう？」

と、優がわずかに首をひねる。

〈充さんが殺害された日、あなたは出張で福岡にいましたね〉

耳で月澤の声がする。百成はそっくり同じ言葉を口にした。

「ええ、そうです」

〈仕事は前日に終わり、この日は予備日だった〉

月澤の言葉を百成は声に出す。

「はい」

〈幸いやり残した仕事はなく、あなたは午前中ひとりで福岡市内を散策、そのあと午後一時三十分発の飛行機で羽田に向かった〉

「それがなにか……」

いぶかしげな優の声だ。

〈仕事は片づいたのだから、午前中の便で羽田に戻ってもよかったのでは？〉

「休日にどう振る舞うか、それは私の勝手でしょう」

〈だから午前中、ひとりきりで福岡市内にいたと？〉

月澤の言葉を百成は伝え、すると望美が口を開いた。

「事件は終わったのに、今更父を疑うような言い方ですね」

「望美」

と、制して優が言う。

「福岡への出張は半年ぶりで、しかも日曜日。のんびり散策したかったのです。それに午後一時三十分発の飛行機を、予約していましたから」

〈予約したのはいつです？〉

「十日ぐらい前ですが」

〈そのことは充さんや望美さんに告げましたか？〉

「飛行機で出張する場合、よほどのことがなければ往復とも予約し、便名を必ず望美に告げます。万が一の場合に備えてね。それがなにか？」

尖った声で優が応えた。耳から月澤の声は聞こえない。仕方なく、百成は気まずい沈黙に身を浸す。

〈予約した便とは別の飛行機に乗って、予定より早く自宅へ戻る。これまでにそういうこと、ありましたか？〉

「なぜそんな質問を？　まるで取り調べですね」

〈では、取調室へ移動しますか〉

「どういう意味です」

憮然《ぶぜん》とした面持ちで、優が腰をあげた。望美もその横に立つ。

〈質問にお応えください〉

望美が何か言いかけて、優が止めた。そして口を開く。

「仕事上で火急の用事が発生し、予約した便より早く社に戻る。そういうことはこれまで何度かありました。

しかしその場合は社で仕事を捌《さば》かねばならず、かえって帰宅が遅れます」

〈そうですか。さて、あなたへの質問は終わりです〉

「では帰ります。行こう、望美」

〈どうかおひとりで〉

「なんだって？」

〈望美さんに、お訊きしたいことがありましてね。あなたは席を外して頂きたい〉

「変な質問を繰り出して、今度は席を外せと？」

優が声を荒らげた。

〈ええ。あなたのためにね〉

「言葉の意味が解らないな」

と、優が睨みつけてきた。その視線にたじろぎつつ、百成は押し黙る。

ため息をつき、やがて優がしじまを破った。

「ここにいても不愉快だから、退散しよう。お前はひとりで平気か？　なにもこの刑事に、つき合う必要はないんだぞ」

「私、大丈夫だから」

そう応える望美はしかし、不安げだ。

「そうか。何かあったらすぐ、父さんの携帯に連絡しなさい」

言って優が、うしろ髪を引かれる様子で公園を去る。

2

〈倉永が亡くなった日にあなたが病院で語ったことを、振り返ってみましょうか〉

百成の耳の中で、月澤の声がした。満開の桜の下、百成と望美のふたりだけだ。

「はい」

ややつらそうに、望美が応える。あまりに色々あり過ぎて、それでも優と望美は、新しい生活を送り始めた。しかしまだ、望美と優にとって事件は生傷なのだ。しばらく触りたくないのだろう。

〈寺河宅を出た倉永は、外に刑事の姿を認めてすぐ戻ってきた。彼は台所へ直行し、まずは包丁を取り出す。そうでしたね？〉

容赦なく月澤が問う。

「はい」

苦い面持ちで望美が応えた。

〈それから倉永は食器棚の前に立ち、すぐに引き出しから、果物ナイフを出した〉

「はい」

〈しかし倉永は寺河家の台所に入ったことはなく、勝手に引き出しを開ける非礼などしな

い〉

望美の顔が青ざめた。

あの時の豹変した倉永を思い出し、彼女の裡に恐怖が走ったのだろう。月澤の質問は、やはり酷なのだ。

「大丈夫ですか?」

自分の思いを声にして、百成は問うた。しかし望美は応えない。顔色をなくして少しうつむく望美の横で、枝を離れた桜の花びらが風に舞う。

〈流し台の下に収納があり、その扉の裏に包丁さしがある。そういう台所、よく見ます。恐らく多くの家庭が、包丁やまな板を流し台の近くに置く。

包丁は流し台の下にある。そう見当がつくから、倉永がそこから包丁を取ったのはい い。しかし彼はなぜ、すぐに食器棚の引き出しから、果物ナイフを出すことができたのか〉

月澤の言葉を口にしながら、百成は内心首をひねった。確かにおかしい。

倉永は寺河家の台所に入ったことはなく、引き出しを開ける非礼もしないという。そこから果物ナイフを探すとなれば、引き出しや棚を引っかきまわすはずだ。

望美の証言は信頼できない。なぜ、彼女は嘘をついたのか。

〈望美さん〉

「はい」

〈警察がきたから立て籠もる。そう言って包丁を手にする倉永に、あなたが引き出しを開けて、果物ナイフを渡した。それが真相では？〉

百成の胸がざわついた。

〈病室で、立て籠もる寸前の倉永の様子を訊かれたあなたは、現実味を出すため緊迫感を込めて、それを警察に伝える。

そこまではよかったのですが、計画がすべてうまく行き、あの夜のあなたはすこぶる上機嫌だった。つい口を滑らせて、果物ナイフの小さな齟齬を出す。もっと慎重に嘘をつけば、真相を闇の中に隠しておけたかも知れない〉

烈風に晒《さら》される梢《こずえ》さながら、百成の胸がざわざわと鳴る。百成は月澤の言葉を口にした。そして息を呑む。

ほんのりと、望美が笑みを開いたのだ。望美への疑念がそろりと頭を持ちあげて、そこへ月澤の声がする。

〈望美さん〉

「なんでしょう」

〈充さんを殺害したのは、あなたですね〉

信じられない思いを抱いたまま、百成はその言葉を望美に告げる。

「お忘れですか。私にはアリバイがあるのですよ」

はっきりと笑みを湛え、余裕の面持ちで望美が応えた。

〈アリバイ?〉

「兄の充が殺害されたのは、三月八日の午前十一時から午後一時ですよね。私はその日、立川警察署にいました」

百成は思わずうなずく。当日の午前十時から午後三時。立川警察署で行われた採用説明会に、望美は参加した。百成自身、その裏づけを取ったのだ。

〈しかし昼食休憩時、つまり正午から午後一時まで、あなたは立川警察署にいなかった〉

「その間に川口市の工業団地へ行き、兄を殺害してすぐ立川へ戻ったと言うのですか? 一時間ではとても無理です」

百成は心の中で首肯した。電車と車のどちらを使っても、立川から川口へは、まず片道一時間かかる。

自分の口から発する月澤の言葉と、心の中の思い。それが離れて、百成はひどく落ち着かない。自分は今、どんな表情を浮かべればよいのか。

〈充さんを立川警察署のすぐ近くまで、連れてくればどうでしょうか? たとえば昭和記念公園の、広々した駐車場〉

瞬間、百成はとある情景を思い出した。以前昭和記念公園で聞き込みした際、駐車場で

どいくらでもある。

大型トラックさえ余裕で停められるのだから、昭和記念公園内に二トン車の駐車場所な

大型トラックの運転手から話を聞いたのだ。

取っている。

時から午後二時まで、川口市の工業団地にいた。国広と光石は昼食も、近くのうどん屋で

「兄は国広という人の、トラックの荷台で殺害された。そのトラックは三月八日の午前十

を、どうやって立川市の昭和記念公園まで運ぶのです。瞬間移動でも？」

先日そう話してくれたのは、刑事さん、あなたですよね。川口市にある国広のトラック

痛いような沈黙がきた。ひとひら、桜の花が空を舞う。その音さえ聞こえそうだ。

嘲笑を帯びた望美の声だ。望美への得体の知れない怖さが、百成の裡に湧く。

〈トラックは二台あります〉

やがて月澤が言った。その言葉を口にしつつ、百成の脳裏にふたつの事柄が浮かぶ。

〈砂川急送には駐車場がふたつあります。第一駐車場は社屋に隣接、第二駐車場は社屋か

らかなり離れた、工場裏手の寂しい場所です。

国広、光石、梨野の二トントラックは第二駐車場に停まり、彼ら以外の社員は第二駐車

場へ滅多に足を運ばない。そして梨野は日曜日、仕事をしません。

日曜日であれば、光石のトラックが第二駐車場になくても、そのことに誰も気づかない

のです〉

まさに百成が思い描いた事柄だ。月澤の言葉と自分の心が、ここでぴたりと重なった。

百成は口に出す。それを聞く望美の顔が、わずかに白い。そう見えたのは、光の加減か。

〈梨野さんが出社しない日曜日を選び、あなたたちは凶行に及んだ〉

「すっかり私を犯人扱いですね」

〈あの日の午前六時すぎ。国広と光石は光石のトラックに乗って、会社を出たのです。ふたりは寺河宅へ行き、充さんを拉致して畳とともに、光石のトラックに乗せた。

それから会社へ戻り、国広は自分のトラックに乗り込む。光石はトラックをそのまま運転、ふたりは二台のトラックで、昭和記念公園に向かいます。

やがて到着し、昭和記念公園の駐車場にそれぞれのトラックを停める。国広と光石は光石のトラックの荷台に乗り込み、用意しておいた数匹の蛭に充さんの血を吸わせ、容器にでも入れる。

そのあと国広と光石は、国広のトラックに乗って川口市へ行きました。充さんが荷台にいる光石のトラックは、昭和記念公園の駐車場に置き去りです。

正午。採用説明会は昼休みになり、あなたは立川警察署を出て昭和記念公園の駐車場へ向かう。徒歩五、六分の距離です。

行けば計画どおり、光石のトラックが停まっています。エンジンキーと荷台の扉の鍵。

あなたはその予備鍵を持っており、荷台を開けて中に入った。
ところであなたの家には、大型のワゴン車がありますね〉
「だからなんです？」
〈大型のワゴン車をよく運転するあなたであれば、二トントラックの運転はなんとかなる。たとえばトラックのすぐ近くに車が停まり、車内に人がいる。そういう事態になれば、あなたはトラックを動かすつもりでいた。
荷台の中に入ったあなたは、充さんを殺害します。それから立川警察署へ戻る。往復と殺害時間を合わせても、まず三十分程度。あなたには昼食を取る余裕さえあったでしょう〉
望美は無言。血に飢えたもうひとりの望美が、彼女の裡でこちらを睨む。そんな幻想を百成は抱く。

3

百成の耳の中で、月澤の声がする。
〈午後二時。川口の須田鉄工所を出た国広たちは、昭和記念公園へ直行します。駐車場には光石のトラックが停まり、荷台に充さんの死体がある。

光石がそれに乗り、国広は自分のトラックで、昭和記念公園を出ます。国広のトラックを会社の第二駐車場に停め、国広は光石のトラックの助手席に乗る。それから寺河宅へ行き、ふたりで充さんの死体と畳を搬入した〉

取調室での光石の様子が、百成の脳裏に浮かぶ。

須田鉄工所近くでXと落ち合い、Xが荷台で充を殺害した。

感情の抜け落ちた声で、光石はそう供述する。それから寺河宅での死体搬入の様子を語り、そこで一転、光石の言葉に感情が籠もったのだ。

途中までは嘘だから淡々と話し、実際に行った場面では、知らず感情が入ったのだろう。

〈これならば、あなたは立川警察署の採用説明会に参加しつつ、充さんを殺害できます〉

「見てきたような嘘をつくのですね。嘘つきは泥棒の始まりと、教わりませんでしたか」

あざけりの滲む望美の声だ。

〈では嘘を重ねましょうか〉

小さく笑い、月澤が話を継ぐ。

〈優さんが出かけ、充さんが在宅する日曜日。あなたであれば、犯行に適したその日を知るのはたやすい。国広と光石の寺河宅への侵入も、あなたから合い鍵を預かれば簡単です〉

百成はようやく理解した。

優は三月八日を仕事の予備日にしていた。仕事がなければ八日の日中、戻ってくるかも知れない。そういう不確定要素があれば、望美は犯行を別の日にしただろう。

望美は優の帰路の便を知っていたのか。優の帰宅時間が、まず前にずれないことを知り得たのか。

先ほどの優への質問で、月澤はそれを確認したのだ。

〈あなたはかつて、ボーイスカウトに入っていた。山でのキャンプも体験し、蛭やそのほか害虫のことを知る。犯行に蛭を使うという発想、そこから生まれたのでしょう〉

「私を犯人に仕立てるため、色々とよく考えてくださったのですね。ご褒美に、私が犯人という嘘に少しだけつき合いましょうか」

艶然《えんぜん》たる笑みを灯し、望美が言った。

〈光栄です。では、話を前に戻しましょう。まずはすべての始まりである、天誅下し人事件〉

望美を見つめて百成は言い、今更ながら気がついた。Xは倉永ではなく望美なのだ。

背の高い望美であれば男性に見えるし、帽子をかぶれば短髪を隠せる。四人がMA－1を着てカーゴパンツを穿いたのは、望美の女性体型を隠すためだ。

四人組が現れて、男性が「われらは天誅下し人」と名乗る。四人のうち三人の男たちが、鉄パイプで被害者を襲う。襲撃後に一一〇番通報して、被害者がいる場所を告げるのも男性。

警察は男性四人組の犯行と断じ、被害者たちもそう思う。犯行の暴力性もあり、女性が混じっているとは考えもしなかったのだ。

望美に男性のふりをさせたのは、そうすれば望美は捜査圏外にいられるという、充の気遣いか。

優によれば望美は、充に負けないほど正義感が強いという。充が国広や光石とともに、問題のある若者に天誅を下す一味を結成しつつある。それを察し、加わりたいと望美が言い出したのだろう。

〈集団で若者を狩る。それが面白そうだから、あなたは一味に加わった。違いますか？〉

だが月澤はそう言った。

一瞬声をなくし、それから百成は月澤の言葉を口にする。

「兄が決めた標的を私が尾行し、襲撃場所を決める。スリルあふれる狩りだったわ」

愛《め》でる視線を桜に向けて、望美が言った。満開の桜の狂気。それが彼女に伝染したのか。

百成は怖気《おぞけ》を震い、そして気づいた。

先ほど月澤は〈あなたのために〉と、この場を去るよう寺河優に言った。望美が充を殺したことを聞き、今、望美が見せる血に飢えた本性を目の当たりにすれば、優はとても耐えきれない。そう考えて、月澤は彼を退場させたのだ。

だが、いずれ優は真実を知る。生き地獄がそこで口を開け、優を待っているのだ。暗澹たる思いが百成の胸に満ちた。

4

〈あなたと寺河充、国広、光石は天誅下し人事件を起こし、新見征司を事故死に見せかけて殺した。さらに口封じのため、先ほどお話しした方法で、充さんを殺害する〉

まっすぐに望美を見て、百成は言った。もはや月澤の言葉は、百成の言葉になった。望美は瞳をきらめかせ、先を聞くのが楽しみという面持ちだ。

〈充さん殺害において、あなたはさらに手を打った。続いてそれを語りましょう。充さんは自宅で殺害された。警察がそう信じ込めば、あなたと国広、光石にはアリバイが成立する。

しかし殺害場所がトラックの荷台であることを、警察が摑むかも知れない。それに備える必要があるとあなたは考えた〉

「ずいぶんと入念なのね」

おどけたように望美が言う。

〈日曜日、国広と光石が時々行く須田鉄工所が川口市にあり、倉永剣道場とそれほど離れていない。そこからの思いつきでしょうか。

国広と光石がトラックの荷台に充さんを閉じ込め、川口市内の工業団地へ行く。昼食休憩時、国広と光石は工業団地付近で倉永と合流。そして倉永が充さんを殺害した。

殺害現場がトラックの荷台だと警察が気づいた段階で、そう思わせようとあなたは目論んだ。こうすればあなたは安泰です。

国広と光石も倉永の命令に従っただけとなり、うまくすれば共同正犯ではなく従犯で済む。これはとても大切なことだ〉

「そうかしら？」

望美の言葉につい、百成は首肯しかけた。これは殺人なのだ。従犯扱いになったとしても、下される罪は重い。国広や光石にとって、それほど大切なことだろうか。

〈従犯で済むかも知れない。そういう言い訳を国広や光石に与える。それはあなたにとって大切だと、私は言っているのです。新見征司の時もそうでしたね〉

「事故死で済むから大丈夫という言い訳を、私が国広や光石に与えたと？」

〈それがあなたのやり方だ〉

ふたりのやり取りが読めず、百成はわずかに眉根を寄せた。そんな百成を興味深げに見て、望美が口を開く。

「私に従いたいから従う。本当はただそれだけ。けれど国広と光石は、そんな本心を認めたがらない。だから言い訳を与えながら従わせたの」

じわりと望美が顔を寄せる。蠱惑《こわく》な唇が目の前にきて、どぎまぎを百成は隠せない。

「国広と光石。なかなか面白い人形だったわ」

美しい唇から、怖い言葉がこぼれ落ちる。百成はようやく気づいた。

とても妖艶《ようえん》で、凄まじい毒を秘めて狂い咲く。望美はそういう花なのだ。

不良少年として名を馳《は》せた国広と光石。彼らは望美の持つ、強烈な悪の魔性に取り込まれたのではないか。そしてふたりは望美をあがめた。

望美に従えば、ぞくぞくする犯罪に手を染められる。取調室での刑事とのやり取りさえ、国広と光石にとっては望美流の遊戯に思えたかも知れない。

5

〈四年前の二月、最初の天誅下し人事件が起きた。翌月末、倉永は突然教職を辞す。なぜか。

あなたや充さんが天誅下し人事件を起こしたことを知り、倉永は責任を取るべく教師を

辞めた。私はそう見ます〉

百成の耳の中で、月澤が言った。

「どうして倉永先生は、それを知ったの？」

会話を楽しむ、望美の表情だ。

〈少年課へ配属になり、充さんは少年犯罪の悪辣さを目の当たりにする。恩師である倉永にそれらを語り、憤慨して見せた。

そのあと天誅下し人事件が起き、充さんが犯人かも知れないという疑惑を倉永は持つ。それとなく充さんに質せば、曖昧ながら認める態度を取った〉

そこで言葉を切り、月澤は乾いた声で笑った。そして言う。

〈そういう可能性もあるが、実際にはあなたがすべて、倉永さんに打ち明けたのでしょう〉

「私が？」

さも驚いたというふうに、望美が両手を広げた。

〈あなたはまず、充さんが天誅下し人事件の首謀者であることを、倉永に仄めかした。あなたにとって倉永は、中学の担任にして剣道の師。中学卒業以降も親交は続き、年に何度も会っている。あなたは彼の性格を、よく知っていた。

倉永であれば、まず警察に持ち込まない。あなたはそう思っていたが、念のため充さん

の罪だけを話して探りを入れたのです〉

「それで?」

〈案の定、倉永は警察に言わず、寺河優さんにも話さない。そこで自分も天誅下し人のひとりだと、あなたは倉永に打ち明けた。なぜそうしたのか。それをぜひ、お聞きしたい〉

解っているのに問う口ぶりだ。それをそのまま百成は言う。

沈黙が降りて、小さな春風が静寂の中を吹き抜けた。

やがて望美がしじまを破る。

「私や兄の罪を知り、しかし警察には告げない。倉永先生をそう仕立てれば、何か起きた時の強い手札になる。私、そう考えたのかも知れないわね」

〈そのあと新見征司殺害事件が起きた。天誅下し人事件と違い、ことは殺人です。しかしあなたは倉永の様子を見つつ、じわじわと打ち明けた。

殺人という強い秘密を共有すれば、逆に倉永は頼れる味方、あなた流に言えばさらに強い手札になる。けれど一方、倉永が警察にすべてを話す可能性もゼロではない〉

「そのスリルがたまらないのよ」

囁くように望美が言う。

〈なるほどね。ところで望美さん〉

「なにかしら?」

〈倉永は国広や光石と、面識がありましたか?〉

「会ったことはないでしょうね。でもふたりの名は知っていたわ」

〈あなたが教えたのですね。またあなたは倉永の前で、国広と光石は怖いと怯えてみせた〉

「見てきたような嘘、まだ続くのね」

吐息を落とし、それから望美は笑みを湛えて口を開いた。

「でも面白い作り話だから、あなたの嘘に最後までつき合ってあげる」

〈ありがとうございます〉

胸に手を当て優雅に礼をする月澤。その姿が百成の脳裏に浮かぶ。

〈ではそろそろ話を、寺河充殺害事件へ移しましょう。

面識がないとはいえ、倉永が国広や光石と出くわすのは避けたい。須田鉄工所からほどよく離れた某所。充さんを殺害する日、あなたはそこへ倉永を、ひとりで行かせることにした。

某所へ向かう倉永の姿は、多くの人が目撃する。須田鉄工所近くで充が殺害されたと警察が思い込めば、付近で聞き込みをする。そしてまずは、倉永を目撃したという証言を拾う。

そう考えて、あなたは某所へ倉永を誘い出した。どのような言葉を使ったのです?〉

「解らないの？」

〈大方解ります。しかしあなたの声をまねて私が言っても、面白くありません〉

「話があるから川口市の河川敷へくるように。国広や光石にそう言われた。天誅下し人事件のことだと思う。

私には倉永先生がついている。国広と光石はそれを知っているから、この道場を仲間に見張らせるかも知れない。だからその日、先生はここにいて。大丈夫、私はひとりで河川敷へ行くわ」

切々と望美が言った。強い決意の中に哀しいほどの弱さがあって、倉永でなくても思わず望美に手をさし伸べたくなる。

慌てて百成は自戒した。奸計《かんけい》と演技力で人をたぶらかす、望美は血まみれの犯罪者なのだ。彼女の魔性に呑まれてはならない。

〈あなたの身の危険をことさらに訴えれば、倉永は優さんと連絡を取り、最悪の場合警察に告げて、国広や光石に対して何らかの対策を講じる。しかし今、あなたが言った程度であれば、倉永はひとりで河川敷へくる。

あなたはそう踏み、そのとおりになった。さて、ここからが面白い〉

「楽しみね」

〈これより前のある日、あなたが倉永剣道場を訪れると、中東の衣装を着た人が雑居ビルをとおり抜けた。気になって倉永に訊けば、近くでビラを配っているという。

さらに倉永に訊き、あるいは自らの目で見て、あなたは四人のビラ配りの規則性を知った。そしてアリバイトリックを考えつく。

しかしそのまま倉永に語れば、いかにも操る感じになる。そこであなたは倉永をうまく誘導した〉

「いくつかヒントをあげただけよ」

〈そのヒントによって倉永は、ビラ配りを利用したアリバイトリックを思いつく。ビラ配りに成りすませば、ここを見張る国広たちの仲間に気づかれずに脱出できる。また河川敷でなにかあっても、ビラ配りたちの証言によって、剣道場にいたというアリバイを得られる。

あなたに導かれたことに気づかず、倉永はそう考えたのです。

そう、倉永に罪を着せようと企て、しかしあなたはその倉永に、アリバイを持たせた。なぜ、そうしたのか？〉

「倉永先生に、捕まってほしくなかったの」

〈私より、あなたの方が嘘が上手だ〉

望美がふっと笑う。

〈赤羽駅近くの複数の防犯カメラに、興味深い映像がありました。ビデオカメラを見つめ

るあなたが写っていたのです〉

百成はわずかに目を見開く。

倉永の自殺後、百成たちは赤羽駅近くで防犯カメラを探した。複数台見つかり、その映像を調べてみれば、充が殺害された日、駅へ向かう白装束の倉永が写っていた。

それを月澤に告げると、それらビデオカメラの映像データを、すべて借りてこいという。

倉永の姿を確認すべく、月澤はそう命じたとばかり思っていた。だが月澤には映像を見る、別の目的があったのだ。

〈赤羽駅周辺を歩いて防犯カメラを探し、見つけてそちらへ視線を向けた。そんな様子でビデオカメラに写るあなたを見て、私は答えを得ました。

充殺害の日、民族衣装を着た倉永は防犯カメラに写る。そこから倉永のアリバイはやがて崩れる。

あなたはそう考えたのですね〉

「脆《もろ》いアリバイを倉永先生にわざと持たせて、それを警察に崩させる。そうなれば警察は、倉永は犯人だからこそ、アリバイトリックを弄したと思い込む。そこまで私が計算したと？」

〈違いますか？　新見奈南さんの声にまつわる事件もそうですが、あなたはことさらに込

み入った計画を立てる癖がある〉

「かけらの少ないジグソーパズルなんて、面白くないでしょう。多数のかけらを丁寧に集め、ひとつずつ嵌め込んで、自分の描いた形にするから楽しいのよ」

百成の背に冷たい汗が浮く。望美にとって犯罪は遊戯なのか。

〈あなたは実に面白く、魅力あふれる犯罪者だ〉

「褒め言葉なの？」

〈最大級の賛辞ですよ〉

「刑事なのに、私を褒めてくれるのね」

百成の耳元に口を寄せ、望美が囁く。彼女の息が媚薬《びやく》のように、とろりと耳に入ってきた。望美を守りたいような、それとも甘えたいような、奇妙な陶酔が湧く。

「ふふっ」

湿り気を帯びた望美の柔らかい唇が、撫でるように百成の耳に触れた。百成の裡で、ぞくりとなにかが突きあげる。

〈取り込まれてみるか〉

耳の奥で、月澤が囁いた。百成に向けた言葉だ。目が覚めた面持ちで、百成はすっと望美から離れる。

刹那、望美が不興げな面持ちを見せた。

6

〈かくして倉永は事件当日、川口市の河川敷へ行く。しかしあなたは無論、国広や光石さえいない〉

月澤が言う。

〈そのあと倉永は充の事件を知り、すべてあなたの策なのだと気づく。だがそう知ったところで、警察に駆け込んであなたが犯人だと騒ぎ立てる倉永ではない。やがて警察に連行されたとしても、倉永は寺河望美という名を口にしない〉

「倉永先生の性格をよく知る私は、そこまで織り込み済みだったと」

〈そうでなければ倉永を、川口市の河川敷へおびき出したりしないでしょう〉

「倉永先生は昔から、変わらず私たちの味方」

歌うように望美が言う。

〈あなたの読みどおり、倉永は取り調べで否定も肯定もしない。天誅下し人事件発生時のアリバイを訊かれても、覚えていないと応えるばかり。

しかし倉永のそんな態度には、もうひとつの思いがあったのです。

天誅下し人事件や新見征司殺害のこと。あなたから打ち明けられて、倉永はある程度知っていた。しかし倉永は取り調べを長引かせ、刑事からも事件の詳細を聞き出そうとした。

なぜか。

〈遺書をしたためるために必要だからです〉

その言葉を口にしながら、胸が締めつけられる思いを百成は抱く。

先ほど望美は、倉永は私たちの味方だと言った。

優、充、そして望美のために、倉永は自殺しようと思ったのではないか。

望美が充を殺害したと知れば、優は立ち直れないほどの衝撃を受けるはず。また実妹に殺されたことが明らかになれば、世間は充の事件に注目する。新聞やテレビ、あるいはネットで、寺河家の人たちは大きく取りあげられる。

そう考えて倉永は、余命宣告を受けた自分の命を、散らす覚悟を決めたのではないか。

その決意へ至る倉永の葛藤や錯綜《さくそう》は、いかばかりか。

〈死への準備として、倉永はまず剣道場を丁寧に掃き清める〉

家宅捜索を行った際の、きれいに掃き清められた倉永剣道場を、百成は思い出す。

〈死ぬ前に望美さんや優さんに会っておきたい。そう思い、それから倉永は寺河家へ行く。

優さんは出社していましたが、あなたは家にいた。倉永はあなたに会い、寺河家を辞す。すると玄関先に刑事が四人いた。

刑事たちの険しい面持ちから、倉永は自分のアリバイが崩れたことを知った。それを望む倉永だが、予想より早く警察がきて、静かに自殺するどころではない。そこで倉永はとっさにとある判断をし、寺河家に立て籠もった。

ここで望美さんを人質に取れば、よもや警察は望美さんを疑うまい。倉永はそう考えたのです〉

「私のために立て籠もった……」

そう呟く望美の瞳に、悲しみの色が宿った。望美の口の両端が小さく開く。倉永への思いを話すのか。

しかし彼女から言葉は出ない。さらに口を開き、望美はにいっと笑ったのだ。

その笑みに戦慄を覚えながら、百成は思い出す。

望美のために立て籠もろうとした倉永。望美はその倉永に、これで自殺しろと言わんばかりに、果物ナイフを渡したのだ。

〈立て籠もり、もはや遺書を書く時間はない。遺書代わりに自白して、それを刑事に聞かせよう。

倉永はそう考え、私を寺河宅内へ入れます。さらに倉永は国広や光石がいる取調室へ、携帯電話を繋げと指示した。

事件の主犯は自分であり、国広と光石は半ば脅されて従っただけ。ことさらにそう述べて、携帯電話をとおしてふたりに聞かせる。こうすれば国広と光石は、重い罪をすべて倉永がかぶったことを知る〉

「すると国広や光石は、私が真犯人だと言い出さない。倉永先生はそう考えたのかしら。そんなことをしなくても、彼らは真相を語らないのに。操り人形は人形師に逆らわないわ」

〈あなたや充さんのせいで、国広と光石の人生は大きく狂った。せめてもの償いとして、倉永は彼らの罪までかぶろうとした。私はそう見ますがね〉

古武士然とした倉永の風貌を、百成は思い出す。そして月澤の言葉に、心の中でうなずいた。

「馬鹿な先生」

望美が呟いた。

桜の花びらがひとひら、枝を離れてはらりと舞い落ちる。月澤の声はもう、聞こえてこない。

百成は口を開いた。

「天誅下し人事件、新見征司事故死偽装、寺河充殺害。近々これらの再捜査が始まるはずです。その中で私たち警察は、あなたの身辺を徹底的に洗う。いずれ状況証拠が出て、物証が見つかるかも知れない。あなたが犯人という尻尾を必ず摑みます」

「そう。ところで百成さん」

と、望美が顔を近づけてくる。

「なんです？」

「今日は突然の名探偵ね。それに話し方も少し変」

「そんなこと、ありませんよ」

「見えない誰かがここにいるでしょう」

望美がさらに顔を寄せる。よい匂いがして、百成の体が熱を帯びた。

「ねえ、百成さん」

目の前で望美が囁く。百成はまばたきさえ忘れた。

「誰があなたを操っているの？」

狂おしいほどに咲き誇る桜が、彼女の瞳に映り込む。

「そこにいるのは誰？」

妖しくて美しい、望美の声だ。

魅入られて——。

百成は口を開いた。

終章

カーテンは左右に引かれ、窓の向こうに蒼天と蒼海が一望できた。脳科学医療刑務所十一階、特別矯正監室だ。

広い部屋の中央に応接セットがあり、百成完はそのソファにすわる。向かいの席には早坂群一の姿があった。

昨日、桜の咲く公園で月澤凌士と寺河望美が対決した。その様子を百成が語り、子供のように目を輝かせて早坂が聞く。

「誰が私を操っているのか。望美に訊かれ、あやうく月澤さんの名を出すところでした」

「ということは、思いとどまったのか」

「ええ、なんとか。それで私が押し黙っていると、望美がいきなり言ったのです」

「なんて言ったんだ?」

と、早坂がわくわくした面持ちで身を乗り出す。

あの月澤凌士が、あなたのここにいるのかしら――。

望美はあれからそう言った。そして左手の小指を拳銃の銃身に見立て、百成の耳を撃つ仕草をしたのだ。あたかも月澤を撃つかのように。

百成は早坂にそれを告げた。

「気づいたと？」

「はい。望美のあまりの勘のよさに、私は驚きました」

「勘というのはね、百成さん」

「はい」

「ただの閃きなどではない。蓄積された情報を元に、脳が導き出す答えだと私は見る。たとえばそう。

警察官連続殺害事件の犯人として逮捕された月澤は、平成二十二年、東京地裁で死刑判決を受けた。控訴せず確定死刑囚になり、東京拘置所へ収監される。

月澤の事件は詳しく報じられたから、これらを知るのは簡単だ。

二年後の平成二十四年、月澤はここへきた。無期懲役囚と死刑囚の精神を分析するという表の顔で、この刑務所は公表されているだろう」

「はい」

「月澤がここへ移送されたことを、一部マスコミがかぎつけてな。その記事が雑誌に載った」

「そういえば月澤さんの信者が集う掲示板にも、脳科学医療刑務所のことが書いてありました」

「つまり月澤に興味を抱いて少し調べれば、彼がここにいるらしきことが解る。望美がそれを知るのもたやすい」

「はい」

「新見征司や寺河充の殺害において、望美は様々な策を弄した。恐らく彼女は犯罪そのものに、強い興味を抱く。

異様な犯罪が起きればその顚末を、新聞やテレビ、あるいはネットで望美は執拗に追った。そこまでしなくても、異様な犯罪は大々的に報じられる。

犯罪学の権威である月澤凌士が脳科学医療刑務所に移送され、そのあと捜査難航の事件が四件、たちどころに解決した。それからも奇妙な犯罪や血なまぐさい事件に限り、警察は捜査にすさまじい切れを見せる。

犯罪に興味を持つ望美であれば、そのことに気づいたとて不思議ではない。気づき、彼女はどう思っただろうね」

と、早坂が百成を覗き込む。束の間沈思し、百成は口を開いた。

「脳科学医療刑務所の中で、特別待遇を受けた月澤さんが探偵として暗躍する。望美がまさかそこまで、考えるとは思えません。けれど月澤さんが警察に捜査協力しているのではないか。そのぐらいは推測したと思います」

「月澤にまつわる様々な情報を得て、望美の脳は蓋然性の高い答えを導き出したわけだ。

彼女の勘の、これが正体だろうね。だとすればだ、百成さん」

「はい」

「望美が充の殺害現場に残した『暗』という字に、新しい理由が生まれる」

「理由？　しかし……」

殺害現場を偽装するには、大量の血を畳に吸わせる必要がある。それを隠すべく、犯人は血文字を残した。

血文字を書くため、充を大量出血させた。そう警察に思わせる策略であり、「暗」という字を選んだのは、捜査の攪乱を狙っただけ。

月澤はそう言った。

「月澤の言うとおりかも知れない。でもね、百成さん」

「はい」

「月澤凌士が獄中探偵であれば、警察官連続殺害事件の時と同じ血文字を残せば、その事件に必ず携わる。

望美がそう考えていたら、楽しいねえ」

と、早坂が喉の奥で笑った。

百成は驚愕を隠せない。自分という傀儡《かいらい》をとおし、望美は月澤に挑んでいたのか。

「さて百成さん。それから公園で、どうなった？」

「ええと」

そう間を取って、百成は心のざわめきを静めた。そして口を開く。

「望美が月澤さんの名を出して、私はそれを否定しました。けれど私の態度から、望美は月澤さんの存在に気づいた様子です」

「それで？」

「一緒に行きましょうと、望美が言い出したのです」

「どこへだ？」

「多摩中央警察署です。そこですべて話すと望美は言い、連行すれば取調室で、すらすら自供を始めました。

改めて彼女の口から犯罪の全貌を聞き、未だに信じられない思いです」

望美は犯罪をなすため、倉永を利用し尽くした。国広と光石を巧みに操り、警察に数々の罠《わな》を仕掛ける。そして彼女は充を殺した。

「望美にとって、充は実の兄なのに……」

「百成さんも刑事だ。骨肉相食《あいは》む事件は多く見てきただろうよ」

「それはそうですけど、悩み抜いた末に肉親を殺したという葛藤が、望美にはまるで見られません。

それが恐ろしく、望美が未知の怪物にさえ思えました。しかしその外見は、若くきれいな女性なのです」

「面白いねぇ」

「面白い？」

百成は目を見開いた。

「だってそうだろう、百成さん。月澤の存在を確信し、その瞬間に望美は自供すると言い出した。これはどういう意味だろうね」

「意味……」

と、思いを巡らす。そして百成は、蛇が背を這うような悪寒を覚えた。

「まさか」

うなずいて、早坂が言う。

「自供して裁判で罪を認めれば、まずは極刑か無期懲役。そうなれば、この脳科学医療刑務所へくる機会がある。

望美はきっと、そう考えた。たまらないねぇ」

言って早坂は両手のひらで、ソファを叩いた。はしゃぐ様子を隠そうとしない。

「望美がここへ乗り込んでくる。彼女の脳が手に入る。血まみれの犯罪者たちの脳が集う脳科学医療刑務所に、またひとつ脳が増えるというわけだ。

自分で言うのもなんだが造ってよかったよ、この脳科学医療刑務所を。ちょっと待っていてくれ」

と、早坂が腰をあげ、部屋をあとにした。ひとり残されて、百成は小さく息を落とす。

再捜査はこれからだが、今回の事件は恐らく月澤の手を離れた。

百成の脳裏に、虚無を漂わせた月澤の顔が浮かぶ。事件を解決へ導いた際に、月澤が垣間見せる面持ちだ。

月澤が起こしたという警察官連続殺害事件を、もう一度調べてみよう。

百成は決意した。月澤の虚無の正体は、あの事件に必ず潜む。

やがて早坂が戻り、百成は目を丸くした。早坂は盆を持ち、そこに赤葡萄酒とグラスがふたつ、載っているのだ。

この部屋は執務専用で、普段早坂は茶の一杯さえ出さない。

「たまにはいいだろうと思ってな」

こちらへきて、早坂が盆をテーブルに置いた。赤葡萄酒を開栓し、ふたつのグラスに注ぐ。

完全に酔いが覚めてから、警視庁に戻ればいい。そう思い、百成はグラスに手を伸ばした。グラスを持ちあげ、口へ運ぶ。

そのあとで百成は、窓へ視線を向けた。目に眩しい蒼天が、どこまでも続く。

「月澤というキングのところへ、望美というクイーンがきて、さて何が起きるか」

早坂が言った。

その真下。脳科学医療刑務所十階の月澤の独房。月澤はソファにすわり、窓に顔を向けていた。彼の双眸や面持ちには、なにほどの感情も滲んでいない。

ソファの前にはテーブルがあって、グラスがひとつ、少し汗をかく。その横には美しいガラス製のチェス盤が載っていた。やはりガラス製のキングの駒が、盤上にぽつりと立つ。ほかに駒はない。

月澤の左手は、ソファの上にあった。半ば開いた手のひらに、きらきらと光るなにかがある。ガラスでできたクイーンの駒だ。

それを右手でゆっくり摘まみ、月澤が盤上に置く。

キングの駒から少し離れて、クイーンの駒が並び立った。

月澤はグラスを手に取り、軽く掲げた。向かいのソファに、誰かがすわっているかのようだ。

グラスを満たすのは、ライムを搾った炭酸水だ。それを飲み干し、月澤は静かにグラスを置いた。あるかなしかの微笑《ほほえ》みが、その頬に浮く。

『ブラッド・ブレイン2
闇探偵の暗躍』

2019年7月刊行予定

完全閉鎖された脳科学医療刑務所の中で
起きる連続殺人。
月澤と百成に逃げ場は、ない。

COMING SOON

『ブラッド・ブレイン3
闇探偵の旋律』

2019年8月刊行予定

殺人鬼たちの終わることなきデスゲーム。
百成の絶望が
月澤に真の覚醒を、もたらす。

本書は2016年9月に刊行された
講談社ノベルス『ブラッド・ブレイン　闇探偵の降臨』を
大幅に加筆・改稿したものです。

この作品はフィクションです。
登場する人物、団体、場所は
実在するいかなる個人、団体、場所とも
一切関係ありません。

〈著者紹介〉

小島正樹（こじま・まさき）

埼玉県生まれ。2005年、島田荘司氏との共著作『天に還る舟』を上梓。2008年、『十三回忌』で単独デビューを果たす。2015年、『扼殺のロンド』で第6回「エキナカ書店大賞」を受賞。スケールの大きなトリックと、どんでん返しを得意とする。

ブラッド・ブレイン1　闇探偵《やみたんてい》の降臨《こうりん》

2019年6月19日　第1刷発行　　定価はカバーに表示してあります

著者……………………小《こ》島《じま》正《まさ》樹《き》

発行者……………………渡瀬昌彦

発行所……………………株式会社 講談社
〒112-8001 東京都文京区音羽2-12-21
編集03-5395-3506
販売03-5395-5817
業務03-5395-3615

本文データ制作…………講談社デジタル製作

印刷……………………豊国印刷株式会社

製本……………………株式会社国宝社

カバー印刷………………株式会社新藤慶昌堂

装丁フォーマット………ムシカゴグラフィクス

本文フォーマット………next door design

ISBN978-4-06-514991-1　N.D.C.913　314p　15cm

講談社タイガ

心霊科学捜査官シリーズ

柴田勝家

デッドマンズショウ
心霊科学捜査官

イラスト
巖本英利

映画監督・小平千手《こだいらせんじゅ》が撮影する映画『生きている人達』シリーズの出演者が次々にバラバラ死体で発見された。映画にかけられた呪《のろ》いなのか。陰陽師《おんみょうじ》・御陵清太郎《みささぎせいたろう》と刑事・音名井高潔《おとないたかきよ》は捜査に乗り出すが、謎は深まるばかり。無情にも新作の撮影が続行されるなか、次の犠牲者を防ぐために霊捜研《れいそうけん》の研究員・曳月柩《ひきつきひつぎ》が持ちかけたとんでもない提案とは……!?　心霊捜査ミステリ第2弾！

講談社タイガ

心霊科学捜査官シリーズ

柴田勝家

ファントムレイヤー
心霊科学捜査官

イラスト
巖本英利

　陰陽師《おんみょうじ》・御陵清太郎《みささぎせいたろう》と刑事・音名井高潔《おとないたかきよ》は対心霊の最強バディ！霊障《れいしょう》事件を調べるため御陵が女子校に潜入捜査。流行するおまじない「クビナシ様」は、ゲームアプリを利用するものだった。異色の呪術《じゅじゅつ》に御陵は興味を持つが「クビナシ様」は暴走を続け——。

　密室での呪殺に隠された、悲しい恋物語の結末とは。ＦＢＩ仕込みの管理官・青山《あおやま》が現れて、二人の関係にも不穏な影が差し……!?

講談社タイガ

虚構推理シリーズ

城平 京

虚構推理短編集
岩永琴子の出現

イラスト
片瀬茶柴

妖怪から相談を受ける『知恵の神』岩永琴子《いわながことこ》を呼び出したのは、何百年と生きた水神の大蛇。その悩みは、自身が棲まう沼に他殺死体を捨てた犯人の動機だった。——「ヌシの大蛇は聞いていた」

山奥で化け狸が作るうどんを食したため、意図せずアリバイが成立してしまった殺人犯に、嘘の真実を創《つく》れ。——「幻の自販機」

真実よりも美しい、虚《うつ》ろな推理を弄ぶ、虚構の推理ここに帰還！

《最新刊》

路地裏のほたる食堂
3つの嘘

大沼紀子

「ほたる食堂」の平和な夜は、一見客の紳士がもたらす事件によって、大騒動に！　思い出のレシピに隠された、甘くてしょっぱい家族の物語。

ブラッド・ブレイン1
闇探偵の降臨

小島正樹

確定死刑囚の月澤凌士は、独房にいながら難事件を次々と解決することから闇探偵と呼ばれる。刑事の百成完とともに、奇妙な事件に挑む！

虚構推理
スリーピング・マーダー

城平 京

TVアニメ化決定の本格ミステリ大賞受賞作、待望の最新書き下ろし長編！妖狐が犯した殺人を、虚構の推理で人の手によるものだと証明せよ！

それでもデミアンは一人なのか？
Still Does Demian Have Only One Brain?

森 博嗣

日本の古いカタナを背負い、デミアンと名乗る金髪碧眼の戦士。彼は、楽器職人のグアトに「ロイディ」というロボットを捜していると語った。